es 1715

edition suhrkamp

Neue Folge Band 715

Spiegelland. Ein deutscher Monolog ist ein essayistischer Roman und das erste Prosabuch des in Leipzig lebenden Autors Kurt Drawert, der sich als Lyriker mit dem Gedichtband *Privateigentum* einen Namen machte.
Spiegelland. Ein deutscher Monolog gründet auf den Erfahrungen eines Lebens in der untergegangenen DDR.
In diesen Monologen der Selbstvergewisserung, geschrieben im Zeitraum von fünfzehn Monaten zwischen 1990 und 1991 in Schleswig-Holstein, setzt sich Kurt Drawert in kunstvoll gefügten Sprachbewegungen der Erinnerung und der ›Wiederholung‹, erzählend und reflektierend, mit der eigenen Biographie und der Geschichte des Herkunftslandes auseinander – um das eigene biographische »Niemandsland« besser zu verstehen.
»Denn der Gegenstand des Denkens ist die Welt der Väter gewesen, von ihr sollte berichtet werden, und wie verloren sie machte und wie verloren sie war – als herrschende Ordnung, als Sprache, als beschädigtes Leben.«
Kurt Drawert, 1956 in der DDR geboren, lebt in Leipzig. 1989 erschien sein Gedichtband *Privateigentum* (es 1584). 1989 erhielt Kurt Drawert den Leonce- und Lena-Preis. Für *Spiegelland. Ein deutscher Monolog* bekam er den Förderpreis der Jürgen Ponto-Stiftung.

Foto: Ute Döring

Kurt Drawert
Spiegelland

Ein deutscher Monolog

Suhrkamp

edition suhrkamp 1715
Neue Folge Band 715
Erste Auflage 1992

Erstausgabe

Satz: Hümmer, Waldbüttelbrunn
Druck: Nomos Verlagsgesellschaft, Baden-Baden
Umschlagentwurf: Willy Fleckhaus
Printed in Germany

2 3 4 5 6 – 97 96 95 94 93

Meinen Söhnen Lars und Tilman
im Sinne einer Erklärung.

... doch
es muß auch eine Hinterlassenschaft geben,
die die Geschichte,
auf die ich selbst einmal, denn das Vergessen
wird über die Erinnerung herrschen,
zurückgreifen kann wie auf eine Sammlung
fotografierten Empfindens, und die die Geschichte,
denn das innere Land
wird eine verfallene Burg sein
und keinen Namen mehr haben und betreten sein
von dir als einem Fremden
mit anderer Sprache, erklärt.

I

... gewiß hätten wir auf die Frage, woher wir denn kämen, kurz und verbindlich antworten können, aber es muß in uns beiden in demselben Augenblick das Gefühl geherrscht haben, heimatlos zu sein, so daß sie »aus Sonnenstadt« antwortete und ich, »aus Utopia«. Wir lachten, während der Mann etwas verwirrt war und sein freundliches Interesse an uns lächerlich gemacht sah, ohne indes verstehen zu können, daß wir nicht seine Frage, sondern die Antwort ins Lächerliche brachten, denn wir müssen sehr genau empfunden haben, daß die Stadt unserer Herkunft nicht die Stadt unserer Heimat ist, und daß wir nicht der Stadt unserer Herkunft entsprechen und mit ihr nichts zu tun haben wollen und nach ihr nicht gefragt werden und gleich gar nicht mit ihr in einem Zusammenhang erscheinen wollen, der nur ein äußerer Zusammenhang sein kann. Und wie es weder eine Sonnenstadt gibt noch ein Utopia, so gibt es keine Heimat, sondern immer nur Herkunft, am ehesten noch, dachten wir, als wir vor einiger Zeit in einem polnischen Krankenhaus lagen, verleiht die gemeinsame Sprache dem Wort Heimat eine Bedeutung, aber die gemeinsame Sprache ist auch nur äußerlich eine gemeinsame Sprache und kann im tieferen Sinn einer Verständigung eine ganz und gar unverständliche Sprache sein, denn es gibt keine Heimat, wenn es sie in einem selbst nicht gibt, und ich kann jede Stadt und jede Landschaft und jede Herkunft entschieden verlassen, denn ich verlasse immer eine Fremde und tausche sie aus gegen eine andere, unbekanntere Fremde, ich verlasse eine Stadt oder eine Landschaft oder eine Herkunft in dem Gefühl, einen Zusammenhang mit ihr leugnen zu müssen und nach ihr gefragt zu werden als lästig zu empfinden. Man müßte, denke ich, in geregelten Abständen eine Stadt und eine Landschaft und eine Herkunft verlassen. Man müßte immer wieder die Dinge verlassen, die man um sich aufgebaut hat. Man müßte das Bild verlassen, das sich die anderen von einem machen und dem man aus Gewohnheit entspricht. Seinen Namen und seine Worte müßte man entschieden verlassen von Zeit zu Zeit. Die Romane im Kopf müßte man verlassen und die Geschichte des Körpers. Die Semantik der Sprache müßte man verlassen, vergessen und verlassen, Mutter hockte nieder vor mir und lehrte mich »Arbeiter- und Bauernstaat« schreiben, ihre von der Kochwäsche aufgewallten Haare fielen verzottelt ins Gesicht, ich war aber auch ein zu blödes Kind, das komplizierte Wort »Revolution«, danach die Fahrt mit dem Fahrrad bis nach Hennigsdorf durch den Wald. Ich saß auf dem Gepäckträger und träumte, als wir im Sand steckenblieben und stürzten, all diese Stürze, die ich erlebte und sah, neben uns im Gebüsch hockten friedliche Russen, Mutter war voller Angst und schwitzte, der Korb mit frischen Pilzen rutschte vom Lenkrad, kippte um und verschüttete den Inhalt, den sie nicht auflesen wollte in ihrer Eile und Furcht, sie wollte nur diese einst so vertraute und plötzlich gefährliche Stelle verlassen so schnell es ging, der Sandweg war aufgerissen von Panzerfahrzeugen, die mit Strauchwerk getarnt zwischen Bäumen standen, am Abend kam Vater nicht nach Hause, was geschehen war, hieß Grenze. Diese Schwierigkeit mit den Worten. Ich war aber auch ein zu blödes Kind. Der Nachbar schloß seinen Geräteschuppen ab, drehte sich zur am Gartenzaun jätenden Mutter, neigte sich ihr etwas entgegen und sagte, Ist es denn mit dem Lesen und Schreiben schon etwas besser geworden? Naja, stöhnte sie, Wir üben gerade hundertmal »Arbeiter- und Bauernstaat« und »Revolution«, ich stand in der Brombeerenhecke und dachte an Bärbel, die ihr Alter schon gründlich verließ, wie es hieß überall in der Siedlung. Ich stellte sie mir nackt in den grasbewachsenen Bombenlöchern der weiten Heide hinter dem Haus vor, wie sie mir zuruft, Zeig doch den Pimmel, na los, zeig doch, und ich war, während mir bei den Worten Gebüsch, Busch, Heide, Gras, Wiese, Farn oder Bombenloch, grasbewachsenes Bombenloch, im Farn liegendes Bombenloch, grasbewachsenes, im Farn liegendes Bombenloch zum Verstecken, zum Verstecken mit Bärbel, ganz heiß wurde in der Brust, so schlecht in Grammatik, malte die Rehe immer noch grün, Mutter übte bis weit in den Abend hinein mit mir die Wirklichkeit sehen, bis mein Rücken sich krümmte. Die Schultern sackten nach vorn, da mußte etwas getan werden, ein wirklich blödes Kind, das nun auch noch einen Buckel bekommt, ich hing, das dachte Vater sich aus, an der Teppichstange, solange die Arme mich hielten, ein Zustand, in dem ich gerade war, wie alle es liebten, Zeig doch deinen Pimmel, ich stellte sie mir nackt, nackt in den grasbewachsenen Bombenlöchern der weiten Heide hinter dem Haus vor, ich stand in der Brombeerenhecke, während er fragte, Ist es denn mit dem Lesen und Schreiben schon besser geworden? Da draußen die mit Strauchwerk getarnten Panzerfahrzeuge, ich sehe, wie Mutter mit dem Fahrrad im Sand steckenbleibt, wie wir stürzen, der Korb mit frischen Pilzen rutschte vom Lenkrad und verschüttete den Inhalt, das komplizierte Wort »Revolution«, die Geschichte des Körpers ist hinlänglich beschrieben, und man muß sie verlassen, man muß seine Herkunft verlassen, und man muß die Worte der Herkunft verlassen und deren Bilder und alles, was an sie erinnert. Und man verläßt sie, indem man sie ausspricht, wir müssen alles erst einmal sprechen, um es dann zu verlassen, wir sagen unseren Namen, und wir haben unseren Namen verlassen, wir sagen unsere Liebe, und wir haben unsere Liebe verlassen, wir haben eine Sprache, um die Sprache zu verlassen, und so verlassen wir uns selbst, um uns selbst zu erreichen, ich kann eine Stadt und eine Landschaft und eine Herkunft, ob es dieser holsteinische Ort ist oder das Sachsen oder das Märkische meiner Kindheit, ohne Trauer verlassen, ich kann mich ins Auto setzen und losfahren und ohne Mühe alles und für immer verlassen, denn es gibt keine Heimat, wenn es sie in uns selbst nicht gibt. Und heimatlos sind wir doch alle.

2

... doch mit dem Land sterben die Begriffe noch nicht, die es hervorgebracht hat, wir haben, sagte ich zu W., den ich zufällig, nach fast zehn Jahren, wiedertraf, mit Begriffen gelebt und mit einer Sprache gelebt, die über Existenzen entschied und über Biografien, ritualisierte Verständigungssätze, magische Verkürzungen, Formeln der Anpassung oder der Verneinung, auswendig gelernt, dahingesagt, die Verformung der Innenwelt durch die Beschaffenheit der Wörter, sagte ich zu W., der fett geworden ist, verbittert und zynisch, ein obszönes Vokabular spricht, unablässig Bier trinkt, grob aufstößt und mit haßverzerrtem Gesicht: die Säue ausficken will, die ihn so ruiniert haben, wie er sagte. Ich war fünfzehn, als mir der etwas ältere Jugendfreund Bücher zu lesen gab, die mein Leben entscheidend prägen sollten, Freud, Sartre, Dostojewski, Nietzsche, »Als Zarathustra dreißig war ...«, Hermann Hesses »Steppenwolf«, wir saßen in einem provisorisch hergerichteten Keller als die verkommenen Söhne hochbeamteter Väter, dieses ganze Dresdener Innenstadtviertel bestand fast ausschließlich aus hochbeamteten Vätern mit verkommenen, zumeist einzelnen Söhnen und Töchtern, die es mit vierzehn schon machten in einem provisorisch eingerichteten Keller wie diesem, wir waren die zu bummeln und zu trinken beginnenden und verzweifelten Söhne ohne Herkunft und Ziel, »Macht aus dem Staat Gemüsesalat«, »Wir wollen alles und jetzt«. Vater und Mutter waren gestorben im Alkohol, den wir tranken, in der Musik, die wir hörten, in den Zeilen, die wir lasen, das Ende einer Übereinkunft mit den Begriffen, über die wir an der Leine gehalten wurden. W. trat mit dem Fuß gegen eine Holzmiete und lachte gequält über das Geräusch berstender Leisten, und es war, als wären es die Wörter gewesen, die morsch zerbrachen und die wir Tag für Tag hörten und lasen und sprachen, wenn wir diesen Keller verließen, der am ehesten noch ein Zuhause gewesen ist. Das Dresdener Zentrum aus der Perspektive der Häuserrückseiten und Höfe, blattloses Gestrüpp, abgestellte Kisten, Eimer und Tonnen, stinkende, fettverschmierte Holzkübel mit Speiseresten am Hinterausgang besserer Lokale, Ratten, Mäuse und Schaben, verwilderte, obdachlose Katzen mit grindigen Zitzen und blutverkrustetem Fell, geduckt und geschlagen hocken sie zwischen den harten, verdorrten Sträuchern, ein kriegsbeschädigter Irrer, der mit verkrüppelten Fingern im Unrat wühlt und von ungeliebten, wütenden Kindern mit Erdklumpen beworfen wird, ehe man ihn später erschlagen in der Hofeinfahrt findet, die erste Liebe mit nackten Schenkeln im Sommer, auf der einzigen Holzbank, sobald die Dunkelheit kam, aus Einsamkeit an sich und aus Einsamkeit vor einer Losung, die hoch über den Dächern rot beleuchtet zu sehen war, »Der Sozialismus siegt«, verloren, entschieden verloren, verzweifelt und einsam. W. hatte einige Philosophien im Kopf, die er aufschrieb oder auch malte, als er von allem ausgeschlossen wurde, was man Bildungsweg nannte und mit Bekenntnissen antrat, gute Noten in Geschichte, Staatsbürgerkunde und im Fach Russisch waren nicht gute Leistungen, sondern

Bekenntnisse, Spreu oder Weizen sein, so mein nazierzogener Lehrer immer wieder, später stand er wegen Päderastie vor Gericht und wegen Vergehen gegen das sozialistische Eigentum und einigen Unterschlagungen von Sport- und Freizeitgeldern aus dem Fonds des Freien Deutschen Gewerkschaftsbundes. Das waren alles solche Namen, Freier Deutscher Gewerkschaftsbund, Freie Deutsche Jugend, wir sind geboren worden und sofort Sklaven gewesen, konform oder dagegen sein, eine gespaltene Generation, deren oft bessere Hälfte ins Abseits und in die Chancenlosigkeit und in die Randexistenz geriet, um, wie mein Jugendfreund W., zwanzig Jahre später ein obszönes Vokabular zu sprechen, unablässig Bier zu trinken, grob aufzustoßen und mit haßverzerrtem Gesicht: die Säue ausficken zu wollen, die sie so ruinierten. Aber in Wahrheit waren dieses Abseits und diese Chancenlosigkeit und diese Randexistenz auch eine Möglichkeit, der Verblödung zu entkommen und der Bewußtlosigkeit und der permanenten Tötung von allem, was dachte und handelte und sah, und so haben wir die Sprache unserer hochbeamteten Väter in einer Gegend, in der es nur hochbeamtete Väter und verkommene Söhne zu geben schien, verweigert mit aller Entschiedenheit und gewußt, daß sie sterben würde eines Tages wie ein krankes, sieches Tier, Nur der Zeitpunkt, sagte W., war niemandem klar. Wir sind mit Dutzenden von verlogenen Begriffen aufgewachsen, die wir im ehrgeizigen Alter der Kindheit unbedarft und schamlos vor uns hingesagt haben und die wir auswendig lernten wie fremde Vokabeln, ohne zu wissen, daß sie ein Leben und eine Existenz von innen heraus nur zum Scheitern bringen, wenn man sich ihrer nicht rechtzeitig entledigt so gut es geht, und vielleicht, denke ich, bedarf es eines ganzen Lebens, sich dieser Begriffe zu entledigen. W. hätte eine Möglichkeit gehabt, aber er ist verlorengegangen in einer Sprache, die er mit uns verlassen wollte, denn er hatte nicht aufgehört, in dieser Sprache, wenngleich als Umkehrung, zu leben und die Begriffe, wenngleich in negativer Bedeutung, zu sprechen und die Grenze, über die man gehen muß in eine andere Sprache, so nie zu erreichen, um heute stumpf, verbittert und ordinär geworden den begabten Anfang in den Schmuddelecken der Jugend mit dem kräftigen Aufschlag des Bierseidels auf der Platte des Tisches fast unerinnerbar werden zu lassen. Aber auch ich hätte so ins tatsächliche Verkommen geraten können, ziellos und heimatlos und verzweifelt, wie ich mich fühlte, wenn ich morgens um sechs in die Lehranstalt lief und neben mir die technikbegeisterten Jünglinge sah, wie sie innerlich ausgelöscht über Schaltkreise sprachen und sich dabei an den Ausschlägen kratzten, bis aus einem Pickel am Hals oder Kinn blaßrotes Blut floß. Ich muß der allereinsamste Mensch gewesen sein unter den Kommilitonen des Schwachsinns und dem nazierzogenen Lehrer, der nur noch ins Verkommen und ins Nichtstun geraten wollte, daß das Gegenteil von Nichtstun und Verkommen eben diese unerträgliche, geisttötende und sterbenslangweilige Ausbildung war mit ihren Zwängen und Verlogenheiten und Anpassungsritualen. Immer wieder nahm ich mir vor, abzubrechen und umzukehren, wenn ich an der rotbeleuchteten Aufschrift »Der Sozialismus siegt« vorbei über die Straße in die Lehranstalt lief, du mußt alles abbrechen, sagte ich mir den ganzen Weg über vor mich hin, du mußt ganz entschieden abbrechen und etwas anderes tun. Diese Lehranstalt ist eine Verhinderungsinstanz des Denkens gewesen, die aber auch jeden Ansatz von Individualität, wo immer sie möglich war, zerstörte, und zu denken ist etwas Feindliches und Absonderliches und ganz und gar Schädliches gewesen, das auf verbotene Lektüre schließen ließ und bekämpft werden mußte mit allen Mitteln der proletarischen Diktatur. Aber nicht nur diese Lehranstalt, sondern ausnahmslos jede

Lehranstalt ist eine Verhinderungsinstanz des Denkens und der Individualität gewesen, jede Allgemeinschule und jede Oberschule und jede Berufsschule, jede Ingenieurschule und jede Fachschule, jede Hochschule und jede Universität war nichts als eine einzige Verhinderungsinstanz, durch die jene sogenannte bessere Hälfte der Jugend getrieben worden ist, um vollständig verblödet und vernichtet wieder herauszukommen und jene hochbeamteten Stellungen zu übernehmen, die vor zwanzig Jahren noch unseren Vätern gehörten. So habe ich es damals nicht verstanden, daß es meine vielleicht einzige Möglichkeit war, nicht in dieses stupide und alle Abläufe vorbestimmende Entwicklungssystem verstrickt worden zu sein und die Bildungskolonnen als Außenstehender zu sehen, wie sie mit den Sonntagnachmittagszügen in die Universitätsstädte fuhren und auf den Heftstößen voller Unwissen und absurdem Gepauke sitzend die Gänge und Türen blockierten. Ich habe es nicht gleich verstanden, warum mir aufgrund eines nichterfolgten Bekenntnisses der sogenannte höhere Bildungsweg, der in Wahrheit ein höherer Verblödungsweg war, versagt gewesen ist, und warum ausgerechnet ich das Gräßlichste aushalten sollte, was es in meinem damaligen Verständnis vom Gräßlichen überhaupt gab, nämlich eine und im übrigen von meinem Vater empfohlene technische Schule zu besuchen, in der ich aber auch nichts außer Hirnlosigkeit und infamer Gemeinheit kennengelernt habe. Fast täglich wollte ich aufhören, ganz einfach aufstehen und gehen, irgendwohin, nur weg, aber es gab innerhalb dieser Maschinerie, die dieses System in Bewegung hielt, kein Entkommen, für mich nicht und für niemanden, sie zog erbarmungslos jeden in ihren Mahlstrom zurück, wo immer er war und was immer er sich vornahm zu verlassen. Er blieb wie die Fliege im Uhrwerk der Gefangene einer über ihn verhängten Bestimmung, so daß diese eine Abtötungsmaschine zu verlassen geheißen hätte, in eine andere zu geraten, denn es gab nur Abtötungsmaschinen, wo immer man war, und es hat nur die Wahl zwischen verschiedenen Abtötungsmaschinen gegeben und nie die zwischen Abtötungsmaschine und Selbstbestimmung, weshalb es also, und darüber machte ich mir schon damals keinerlei Illusionen, ohne Sinn gewesen wäre, abzubrechen und aufzustehen und zu gehen. Jeden Augenblick, den ich in dieser technischen Schule verbringen mußte, habe ich gehaßt. Nicht die kleinen, schwachsinnigen Pauker habe ich gehaßt, die mit mir auf der Schulbank saßen und mir je unverständliche Zahlen auf mausgraue Karteikarten schrieben, bis sich zwischen Zeige- und Mittelfinger der rechten Hand Blasen vom Stifthalten bildeten, während ich die Ausschweifungen eines Marquis de Sade las, ich habe sie ignoriert, was kränkender für sie war als dieser Haß, den ich gegen die Zeit, gegen jeden Augenblick in dieser Zermürbungsanstalt des Denkens empfand. Sie waren so sehr gekränkt durch meine Art der Ignoranz, die von ihnen mit Überheblichkeit verwechselt wurde, indessen Nichtinteresse und tatsächliches Übersehen bedeutete, daß sie mich, denke ich, haßten, voller Haß meine damals langen Haare anbrannten, weil sie insgeheim ahnten, daß ich eine Sprache verlassen hatte, in deren Gefängnis sie starben. Ich bin viel zu sehr mit mir selbst beschäftigt gewesen, als daß ich die Zeit und die Kraft gehabt hätte, sie zu hassen, ich habe sie nicht einmal gehört oder gesehen oder nur, wenn sie mit einigen offensichtlichen Gemeinheiten auf sich aufmerksam machten, ich habe überhaupt kein Verhältnis zu ihnen gehabt und kann heute keinen Namen und kein Gesicht und keinen gesprochenen Satz von ihnen erinnern, was das Schrecklichste ist, das man überhaupt sagen kann von den anderen, und es ist eine gute Möglichkeit für mich gewesen, durch diese abgestandenste aller Schulen gegangen zu sein und das Alleinsein ausgehalten zu haben und alle Verzweiflungen und alle Wut. Für W., den ich zufällig wiedertraf nach vielen Jahren, ist es keine Möglichkeit gewesen, und er ist zerstört worden, viele wie er sind zerstört worden, ich habe es gesehen, mehrmals und tragischer noch, sie sind von einem Land und durch ein System und durch Begriffe zerstört worden, die zur Sprache wurden und das Leben vom Kern her beschädigten und weiter beschädigen werden, über das Ende des Landes hinaus, das ich gerade jetzt, in seiner Agonie und Hilflosigkeit, begreife.

3

..., dann rief ein Freund und Kollege aus Rendsburg an, er könne uns wegen einer anhaltenden Erkältung vorerst nicht besuchen, auch finde er seinen Roman durch die Entwicklung in der DDR über weite Teile zerstört, so daß er jetzt recht mutlos umherliege, wie er sagte, immer leichtes Fieber habe, über Wochen und Monate schon sich schlecht und müde fühle. Ich weiß, daß es eine besondere Utopie gewesen ist, der er folgte, als ich ihn im vergangenen Herbst kennengelernt hatte, eine Utopie, die auch in mir gewesen ist und die uns verband, unser Thema war und unser Gespräch, als könnte dieses abgestandene und heruntergekommene, kleine deutsche Land im Osten tatsächlich der Körper sein, der diese Utopie beherbergt, und für Wochen schien es so, als könnte dieses abgestandene und heruntergekommene, kleine deutsche Land im Osten tatsächlich der Körper sein, der eine Utopie in sich aufnimmt und vertritt. Ich weiß, daß es das Ende dieser besonderen Utopie in ihm ist, was ihn kränkeln läßt und mutlos macht und müde, oder daß es, genauer gesagt, nicht das Ende dieser besonderen Utopie, sondern das Ende dieser besonderen Utopie in einem tatsächlichen Körper, der dieses abgestandene und heruntergekommene, kleine deutsche Land im Osten tatsächlich hätte sein können, ist, wie die Liebe, die immer als Idee von Liebe, als Ideal und vollkommene Symbiose über uns hinweglebt, um plötzlich in einem Objekt zu erscheinen und die Illusion zu schaffen, dieses Objekt lasse die Idee und das Ideal und die vollkommene Symbiose Wirklichkeit werden, und je näher dieses Objekt der Idee und dem Ideal und der vollkommenen Symbiose kommt, je schmerzlicher wird das Trennende erlebt, bis das Objekt kurz vor der möglichen Erfüllung sich löst von uns, weil wir es im Schmerz darüber, immer nur eine Annäherung an diese Idee und dieses Ideal und einer vollkommenen Symbiose zu erleben, selber zerstörten oder weil es in uns nichts als diese gestaltgewordene Annäherung und Illusion und Vorstellung entdeckt, um sein Verhältnis zu uns zu lösen, denn der andere wird immer der andere sein, und die Idee bleibt immer Idee und eingeschlossen in den Grenzen der eigenen Existenz. Und wie die Geliebte sich ganz plötzlich anzieht und einen für immer verläßt, so war die Revolution an uns vorübergegangen, gerade daß wir sie für kurze Zeit sehen und berühren und erfahren konnten, wo keiner von uns je noch daran geglaubt hat, sie überhaupt und auch nur für kurze Zeit sehen und berühren und erfahren zu können, und ich denke, es war eine Illusion, für diese Utopie einen Körper und noch dazu in Form dieses abgestandenen und heruntergekommenen, kleinen deutschen Landes im Osten erwartet zu haben. Ich sehe mich noch im vergangenen November bei ihm sitzen, um uns nur verfallenes Mobiliar, kaputte Stühle und zerschlissene Matratzen, leere Flaschen und Büchsen, zerstoßene Kisten, der Rahmen von einem Tisch, auf dessen Verbindungsflächen zwischen Tischbein und Seitenbrett unsere Kaffeetassen standen, ein Aschenbecher und ein Glas Marmelade, das Geräusch eines tropfenden Wasserhahnes im Hintergrund, das dumpfe Licht einer unbeschirmten Glühlampe, er und ich und eine gemeinsame Freundin, es schien besonders dunkel an diesem Tag, ich fror und behielt meinen Wintermantel an, und er erzählte, wie er in Neu-Delhi aus dem Flugzeug gestiegen kam und die bitterste Armut sah, eben noch im Luxusabteil einer Lufthansamaschine saß, ausgiebig gefrühstückt hatte und Cognac trank und nun, kaum, daß er das Flugzeug verließ, ein unvorstellbares Elend zu sehen bekam. Bettelnde Kinder, die sich ihm vor die Füße warfen, im Abfall wühlende Mütter, Und ich weiß nicht, so er, Weshalb ich nicht verrückt geworden bin bei diesen Bildern, die dich als Europäer erbarmungslos schuldig sprechen, ob zu Recht oder nicht, sie sprechen dich schuldig, und du müßtest verrückt werden, du denkst, daß du jeden Augenblick tatsächlich verrückt wirst, und du mußt wegsehen und schnell vorwärts gehen und in die Flugzeughalle kommen, und du denkst noch immer, jeden Augenblick verrückt zu werden, aber du wirst es nicht, und auch darüber liegt etwas wie Scham. Wir schwiegen und ich dachte, daß dieser selbst in Armut lebende Mann eine Schuld und eine Scham empfindet, die Millionen anderer Menschen nicht zu empfinden imstande sind, obgleich sie selbst in maßlosem Wohlstand und Reichtum lebten oder diesen maßlosen Wohlstand und Reichtum erstrebten, und daß G. eine Utopie auf Menschen überträgt, die sie niemals verkörpern können, auch wenn sie, wie gerade im Osten, die Illusion davon geben, denn auch ich lebte ja zu dieser gewiß kurzen Zeit in der Illusion, dieses abgestandene und heruntergekommene, kleine deutsche Land im Osten würde etwas hervorbringen können, was allein unserer Idee entsprungen war und was, wie ich heute weiß, immer Idee bleiben wird und Utopie und eingeschlossen in den Grenzen der Existenz, als wenn es die Liebe selbst ist, um die es hier geht. Ich glaubte, erinnere ich mich, daß nur ein sinnvoller Text gesprochen werden muß, um einen sinnvollen Diskurs zu eröffnen, denn die Menschen haben einen Sinn in sich, deren Text sie nur nicht kennen und deren Sprache sie nur nicht zu sprechen gelernt haben, und sie sind auf die Straße gegangen selbst auf die Gefahr hin zu sterben, weil sie den Sinn in sich wahrgenommen haben und auf der Suche waren, ihm eine Sprache zu geben und einen Diskurs, der die bekannten Diskurse verläßt, die Diskurse der Unterwerfung waren und der Diktatur und der Ausbeutung. Ein jeder Mensch hat in sich das Gesetz eines Sinns, dachte ich, der durch die Umstände unterdrückt worden ist oder schlimmstenfalls auch zerstört, und dieser Sinn, dieses Gesetz von einem Sinn ist das Gegenteil des Gesetzes dieser Systeme, es ist die Anwesenheit einer Würde, die noch nicht Sprache und noch nicht Text geworden ist, aber bereits ahnbar als Sinn einander verbindet, so wie sie zu Tausenden und zu Zehntausenden und zu Hunderttausenden auf die Straße gegangen sind, selbst auf die Gefahr hin zu sterben, so wie wir vor zwanzig Jahren schon in den provisorisch hergerichteten Kellern saßen und uns von allem ausschließen wollten, weil in der Verneinung des Erfolges unser Erfolg und unser Sinn lag, und wir wußten, daß diese Sprache, die uns umgab, eines Tages zu Ende sein würde zugunsten einer anderen Sprache, ehe wir mit der Zeit und den Jahren immer hoffnungsloser geworden sind und illusionslos die Dinge anschauten, so, wie sie waren, und als wir uns gerade eingerichtet hatten in unserer Illusionslosigkeit, um die Geschichte als Wiederholung von Moden und den einzelnen stets seinem Sinn entfremdet zu sehen, da sind plötzlich die Menschen zu Tausenden und zu Zehntausenden und zu Hunderttausenden auf die Straße gegangen, selbst auf die Gefahr hin zu sterben, und da ist in uns auch der Gedanke wieder gewesen, daß ein jeder Mensch in sich das Gesetz eines Sinns hat. In einem solchen Gefühl habe ich G. in Rendsburg kennengelernt, so saßen wir uns gegenüber, das war unser Thema und unser Gespräch, und er wollte in die Stadt kommen, die für kurze Zeit versprochen hatte, der Utopie eine Heimat zu sein, aber sie wäre auch damals schon das mögliche Objekt einer Idee gewesen, die das Objekt nur annäherungsweise erreicht, um in dem Maß der Illusion zu enttäuschen. Indessen wäre G. nicht als Tourist gekommen, wie die vielen, die im Billigtarif als Touristen kamen allmontaglich, sobald die Friedensgebete in der Nikolaikirche beendet waren und der Demonstrationszug seinen gewaltigen Weg durch die Leipziger Innenstadt nahm, um im abscheulichen Sinne *dabeigewesen* zu sein und zu fotografieren und dann wieder nach Hause zu fahren, G. wäre als ein seiner Utopie verfallener Gläubiger gekommen, seine Anwesenheit hätte etwas fast Religiöses gehabt, wie auch unser erstes Gespräch in gewisser Weise ein religiöses Gespräch war, da es nicht genau ausgesagt hatte, *was* wir eigentlich erhofften und *wie* es beginnen kann; heute weiß ich, daß wir in der kurzen Zeit des dramatischen Ereignisses unseren Verstand verloren hatten und unserer Erfahrung nicht glaubten und den Menschen, die auf die Straße gegangen sind, selbst auf die Gefahr hin zu sterben, einen Sinn zuerfanden, der allein in uns als Utopie anwesend war und nach einer Gestaltwerdung strebte. Und selbst, daß es einen Text und eine Sprache gab, die aus einem Ausgeschlossensein hervorging und nun möglich gewesen wäre, einen neuen Diskurs zu eröffnen, erlaubte die Hoffnung noch nicht, diese sich innerhalb einer Masse plötzlich selbstwahrnehmenden Menschen hätten einen Sinn, das Gesetz eines Sinnes in sich, das dem eigenen zumindest annähernd gleichkommt. Es ist Arroganz gewesen, eine unverzeihliche Verklärtheit, dieses elitäre Gespräch, das wir führen, für allgemeingültig zu halten und vor lauter Begeisterung zu vergessen, daß es ein zwischen uns kurzgeschlossenes, inzestuöses Gespräch ist in einer Sprache, die all diesen Menschen eine unverständliche Sprache sein muß, da sie in keinem Verhältnis zur Unterwerfung steht und das ihnen verständliche System dieser Unterwerfung nicht reproduziert. So ist diese Revolution eine von Anfang an zum Scheitern verurteilte Revolution gewesen, da sie die Sprache des Systems nicht verließ und lediglich versuchte, sie umzukehren, so daß das System kein gestürztes System, sondern ein lediglich umgekehrtes System geworden ist. Der gute Politiker war nunmehr der schlechte Politiker, der Revolutionär der Oppositionelle, der Scheinwerfer wechselte die Bühne, auf der die Unbekannten bekannt und die Unbegabten begabt und die Bestraften belohnt wurden, die Vergessenen wurden gefeiert und die Gefeierten wurden vergessen, die Geliebten wurden gehaßt und die Gehaßten geliebt, die stolzen Väter wurden gebrochene Väter wie die gebrochenen Söhne stolz ihre Väter verließen, der Entnazifizierung folgte die Entstalinisierung, die Begriffe lösten einander ab nach einer Mechanik, die gleichblieb, für eine Generation bekommt das Leben einen Bruch, für eine ältere Generation einen doppelten Bruch, die einen fühlen sich zum ersten Mal von der Geschichte und ihren Führern betrogen, und die anderen fühlen sich zum zweiten Mal von der Geschichte und ihren Führern betrogen, und sie werden abermals von der Geschichte und ihren Führern betrogen werden und dann noch einmal, bis zum Ende und bis zum endgültigen Ende hin, denn sie wollten den Betrug, solange er ihnen einen kleinen, schäbigen Vorteil versprach, sie übten eine Funktion aus innerhalb dieses Betruges, der ein von ihnen selbst erwählter Betrug war, sie haben jeden Tag gesehen und gehört und gelesen, daß alles ein großer, endloser Betrug ist, aber sie haben ihre Funktion ausgefüllt und als Beamte oder Parteisekretäre oder Lehrer oder Direktoren oder Abteilungsleiter oder Abschnittsbevollmächtigte oder Hausbuchführer oder Vorstandsmitglied einer Gartensparte oder eines Anglerverbandes oder einer Gymnastikgruppe oder sonst irgend etwas jene ausgewiesen und bestraft und verurteilt, die immer schon von Betrug und einem System voller Betrug gesprochen haben, sie haben aus unzähligen Existenzen gebrochene Existenzen gemacht, und ich habe es mitangesehen, wie begabte und aufrichtige junge Menschen zu gebrochenen Existenzen geworden sind durch sie, die heute auf verwerflichste Weise die Schultern zucken und sich betrogen fühlen von einer angeblich im Imaginären liegenden Instanz, die indessen ganz real und überschaubar und bekämpfbar gewesen ist, die sich heute verraten fühlen, weil ihr eigener, kleiner, schäbiger Lügenapparat mit dem System der Lüge, dem sie für einen noch so lächerlichen Vorteil dienten so gut es ging, zusammenbrach. Sie haben sich engagiert für eine Macht jahrzehntelang, nicht, weil sie eine bestimmte Ideologie vertrat, sondern Autorität bedeutete, und sie haben für diese Macht noch im Oktober von jenen verächtlich gesprochen, die als erste in einem tatsächlichen Sinn auf die Straße gegangen waren, und sie hätten auch geschossen, sie hätten ebenso geschossen, wie sie aus den vielen begabten und aufrichtigen jungen Menschen gebrochene Existenzen gemacht haben, und es ist heute eine Schamlosigkeit und Verdorbenheit, wenn eben diese Menschen von Verrat, Betrug und Lüge reden, wenn sie die Schultern sinken lassen und ihren Lebensbruch registrieren und lauthals Vergeltung einfordern, wo doch vollkommen klar ist, daß sie wieder und wieder und abermals betrogen und verraten und verkauft werden, weil sie jedem System bedingungslos dienen und sich jeder Autorität bedingungslos unterwerfen für einen noch so kleinen und bedeutungslosen Gewinn. Und weil durch sie die Geschichte eine Geschichte der Wiederholungen und die Revolution immer nur zur Umkehrung wird und schon im Ansatz scheitert. Und so mußte auch der

Roman meines Freundes ein zum Scheitern verurteilter Roman gewesen sein, als er der Utopie eine Gestalt gab und einen Körper und einen Namen, so daß er jetzt krank darüber geworden ist. Und obgleich die Geschichte unsere Biografien bestätigt und uns als Beispiel voranschickt, so haben auch wir einen Bruch erleben müssen, den heilsamen Bruch mit der Illusion, für eine Utopie einen Namen und eine Heimat zu finden, um schließlich von dem, was als Revolution angefangen hat, gründlich vergessen zu werden und übergangen wie von einer Frau, die sich plötzlich anzieht und aufsteht und weggeht. Wir sind nicht geliebt worden, wissen wir heute, und die Liebe als Idee und Ideal und Vorstellung einer vollkommenen Symbiose lebt über uns hinweg und hat keine Gestalt und wird gebrochen in einem Körper, der sich entkleidet, aber immer der andere ist.

4

... aber wie mein Vater (oder mein Großvater, beispielsweise) wollte ich nicht sprechen. Es muß ein frühes und vielleicht gerade noch rechtzeitiges Gefühl von entliehener, wertloser Sprache gewesen sein, der ich mit geradezu körperlicher Abwehr begegnet bin, so daß ich sie, denn über den Wörtern lag der Schatten empfundener Ungültigkeit und der Herrschaftsanspruch des Vaters (oder des Großvaters, beispielsweise), und diese Sprache zu benutzen wäre zugleich eine Form der Unterwerfung gewesen, wieder verlernte. Ich verlernte das Sprechen und stürzte vor allen meinen Vater in Sorgen, in eine von mir bezweckte Kränkung: der Sohn, ein Ebenbild seiner selbst ohne Sprache, ein blinder Spiegel, eine Wasserfläche, die kein Bildnis zurückwirft..., und es muß ein frühes und vielleicht gerade noch rechtzeitiges Gefühl dafür gewesen sein, daß das Sprechen ein von außen beobachtetes, beeinflußtes und beherrschtes Sprechen war. Ich spürte, sobald Vater (oder Großvater, beispielsweise) sprach, daß nicht tatsächlich Vater (oder beispielsweise Großvater) sprach, sondern daß etwas Fernes, Fremdes, Äußeres gesprochen hatte, etwas, das sich lediglich seiner (oder ihrer) Stimme bediente. Ich hörte, vielleicht gerade noch rechtzeitig, einen jeweils anderen heraus, sobald (beispielsweise) Vater zu sprechen begann, und das Mitgeteilte, hörte ich heraus, ist etwas anderes als die Mitteilung, die mich (oder einen anderen) erreichen sollte, und gelegentlich war das Mitgeteilte der Mitteilung so eng verwandt, daß sie sich annähernd richtig erahnen ließ, dann aber war das Mitgeteilte der Mitteilung wieder vollkommen unähnlich, so daß ich (oder ein anderer) das Mitgeteilte falsch gedeutet hatte und falsch antwortete, wobei nicht selten das Falschgedeutete und Falschgeantwortete seinerseits noch einmal in die entschiedene Unähnlichkeit von Mitgeteiltem und Mitteilung stürzte, was zu einem vollkommenen Verständigungszusammenbruch führte und ganz und gar unerwartete Reaktionen bewirkte, eine plötzliche Ohrfeige vielleicht oder ein: Du gehst mir sofort und ohne Abendbrot ins Bett. Die Sprache, denn niemals habe ich das Mitgeteilte und die Mitteilung als identisch erlebt..., die Sprache ist doch nichts als eine üble Gemeinheit des Vaters (oder des Großvaters, beispielsweise), empfand ich. So konzentrierte ich mich bald schon nicht mehr auf das Mitgeteilte, sondern auf das, was das Mitgeteilte mitteilen wollte, das es zu erahnen und zu deuten und richtig herauszuhören galt und immer etwas anderes gewesen ist, etwas ein wenig anderes oder etwas sehr anderes oder etwas Gegenteiliges sogar. Ich hatte, empfand ich, immer dieses Andere zu verstehen, das sich auf eine mir unverständliche Weise den Wörtern entzog, und in dieser

Situation eines beschädigten Sprechens, das ein unbenennbarer Krieg zwischen den Sätzen gewesen ist, konnte, wie aus einer Perspektive der Herrschaft beabsichtigt war, niemand jemanden erreichen und mußte jeder allein sein und hatte nur Andeutungen zu geben und konnte nur Verwirrungen stiften und ungewollt Lügen verbreiten, um Lügen oder Verwirrungen oder bloße Andeutungen zu erhalten und sie als tatsächliche Mitteilungen zu benutzen und belogen und verwirrt zu werden und schließlich verzweifelt, einsam und enttäuscht zu verstummen..., und dieses Verstummen ist die Leere gewesen, die das Sprechen angerichtet hatte, es ist die andere Seite des Sprechens gewesen, ohne dessen Gegenteil zu sein, und das Sprechen ist die lautgewordene Stummheit gewesen, es hat ringsum nur Stummheit gegeben und Leere, und die Wörter waren unübersetzbare Kombinationen von Lauten, sobald Vater (oder auch Großvater, beispielsweise) zu sprechen begann. Es war, als hätte mich jemand in fremder Sprache gestört, und ich hatte an Gestik und Tonfall den Sinn der Störung herauszufinden. Das Sprechen wie auch das Hören wurde mir zum Erlebnis der Angst, denn hatte Vater gesprochen, so schien es zunächst ein vertrautes, verbindliches und bekanntes Sprechen gewesen zu sein, denn es war ein aus vertrauten, verbindlichen und bekannten Wörtern zusammengesetztes Sprechen, das vorgab, identische Inhalte zu vermitteln, um schließlich nichts als Täuschung und Leere zu hinterlassen und zu zeigen, daß das Sprechen keinen gesicherten Sinn gibt. So war es schlimmer und verunsichernder noch, wenn Vater (oder auch Großvater, beispielsweise) gesprochen hatte, als wenn jemand in fremder Sprache mit unvertrauten und unbekannten Wörtern, die nur durch Gestik und Tonfall ihren Sinn hinterlassen hätten, gesprochen haben würde. Eine von vornherein als *fremde* Sprache erkannte Sprache mit fremden, unvertrauten und unbekannten Wörtern hätte eine zu übersetzende Entsprechung gehabt in einer als *bekannt* erfahrenen Sprache mit vertrauten und bekannten Wörtern, so daß es nichts Verunsicherndes bedeutet hätte, ihr zu begegnen, und ihre Fremdheit wäre nicht zum Bestandteil einer Angst geworden, auch die durch sie abverlangte Arbeit des Erahnens der Mitteilung, die man leistet, wenn man interessiert ist, und die man nicht leistet, wenn man nicht interessiert ist, wäre nicht Bestandteil einer Angst gewesen... Aber die fremde Sprache des Vaters (oder des Großvaters usw.), die sich als vertraute und bekannte Sprache mit vertrauten und bekannten Wörtern verstellte und für die es keine Übersetzungen, sondern nur Ahnungen gab, die keinen verbindlichen Sinn und keine identischen Inhalte aufnehmen konnte und nur Täuschung und Verwirrung und Leere hinterließ und das Sprechen beschädigte und das Mitgeteilte von der Mitteilung trennte und also ein unbenennbarer Krieg zwischen den Sätzen war, konnte nur Angst hervorbringen. Also blieb nur, zu sprechen und damit dem Mißverständnis oder der Lüge zu verfallen und im Sprechen sich beobachtet, beeinflußt und beherrscht zu wissen von etwas Fernem, Fremden und Äußeren, dem die jeweilige Stimme ein ledigliches Instrument dafür gewesen ist, sich selbst auszusagen und den Sprechenden zu unterwerfen oder zu verstummen, und ich war das Kind, das plötzlich verstummte, das schon so gut sprechen konnte und das Sprechen wieder verlernte. Das Kind sprach nicht. Das Kind sollte nachsprechen, ganz langsam, Silbe für Silbe, aber das Kind sprach nicht nach, auch nicht ganz langsam und Silbe für Silbe. Am Anfang der Krankheit, soll mein Vater seinem Vater erzählt haben, sprach es wenigstens noch vereinzelte Wörter nach, wenn man sie ihm ganz langsam und Silbe für Silbe vorgesprochen hatte. Es sprach keine Wortverbindungen nach und erst recht keine Sätze, aber es sprach vereinzelte Wörter nach,

Baum, Wolke, Weg, Straße, auch Baumkrone, Wolkenspiel, Wegbiegung, Straßenkreuzung noch, dann nicht mehr, soll mein Vater seinem Vater erzählt haben, Dann keine Wortverbindungen mehr, soll er gesagt haben, Dann nur noch vereinzelte Wörter wie Baum, Wolke, Weg, Straße usw. Man sprach es ihm ganz langsam vor, aber es sprach nicht hinterher, es preßte nur die Lippen fest aufeinander und schwieg, so mein Vater zu seinem Vater. Das ist ein Baum, nichts, Ein Baum, nichts, Früher, so mein Vater, Hätte es: ein Baum noch nachgesprochen gehabt, es hätte: Das ist ein Baum nicht mehr nachgesprochen gehabt, aber: ein Baum, das hätte es gesagt, aber dann sagte es nur noch lediglich Baum, wenn man: Das ist ein Baum, oder: ein Baum vorgesagt hatte. Bald schon sagte es gar nichts mehr, wenn man ihm einen vollständigen Satz, so kurz und einfach auch immer er war, vorsprach. Mein Vater soll sich gefragt haben, erzählte meine Mutter, warum das Kind einen Halbsatz auf ein Wort reduziert nachsprach und warum das Kind einen vollständigen Satz nun gänzlich verweigerte und nicht, wie Vater es logisch gefunden hätte, aus dem vollständigen Satz einen Halbsatz werden ließ oder, meinetwegen, so Vater, auch nur ein Wort. Es ist die Beschaffenheit des vollständigen Satzes, soll Vater nachträglich herausgefunden haben, erzählte meine Mutter, Die das Kind verstummen läßt, aber, so soll mein Vater seinen Vater gefragt haben, Was hat das Kind, das doch ganz ordentlich geredet hatte, immer in vollständigen, richtigen Sätzen, plötzlich gegen vollständige, richtige Sätze? Am Anfang der Krankheit, soll mein Vater seinem Vater erzählt haben, Ganz am Anfang, ehe das Kind die vollständigen Sätze auf Halbsätze und die Halbsätze auf einzelne Wörter reduzierte, hatte das Kind die richtigen, vollständigen Sätze nur in Unordnung gebracht. Sagte man: Es weht ein kalter Wind, sagte es: Ein kalter Wind es weht, oder: Es ein kalter Wind weht, oder: Ein es weht kalter Wind. Später brachte es die Abfolge vollkommen durcheinander, soll mein Vater erzählt haben, Weht kalter Wind ein es, hieß es da, oder: Es Wind ein kalter weht usw., völliger Blödsinn, ich dachte, soll mein Vater seinem Vater erzählt haben, Das Kind ist vollkommen blödsinnig geworden. Erzähle diesen Blödsinn den Mäusen, hatte mein Vater zu dem Kind gesagt und es in die Dunkelheit des Kellers gesperrt, und es schien, so mein Vater zu seinem Vater, erzählte meine Mutter, etwas geholfen zu haben, zeitweilig jedenfalls. Das Kind ist aus der Dunkelheit wieder herausgeholt worden und hat, wenn man ihm: Es weht ein kalter Wind vorgesagt hatte, Es, weht, ein, kalter, Wind nachgesagt. Es sprach den vollständigen Satz nach und brachte dessen Ordnung, soll mein Vater seinem Vater erzählt haben, Nicht mehr durcheinander, aber es stockte zwischen den Wörtern, es sprach nicht eigentlich den Satz, sondern es sprach die einzelnen Wörter des Satzes, in der richtigen Reihenfolge des Satzes, aber einzeln, es sprach lediglich einzelne Wörter, oder es verstellte die Ordnung der Wörter im Satz, dann wieder Dunkelheit und dann wieder dieses Einzelnsprechen der Wörter, um schließlich nur noch einzelne Wörter zu sprechen, soll mein Vater gesagt haben. Und es ist doch etwas sehr anderes, soll er gesagt haben, Ob einer sagt: Am Himmel fliegen die Vögel, oder ob er sagt: Am, Pause, Himmel, Pause, fliegen, Pause, die, Pause, Vögel. Das ist doch kein Fortschritt, soll er gesagt haben, Das ist doch ebenso blödsinnig wie: Die am Himmel fliegen Vögel, oder wie: Vögel am Himmel fliegen die usw., wie es das Kind sagte, ehe es in die Dunkelheit gehen mußte, um diesen Blödsinn den Mäusen zu erzählen. Und dem Vater sei aufgefallen, erzählte die Mutter, daß die Krankheit des Kindes bei ihm wie um eine Entwicklungsphase weiter vorangeschritten gewesen ist, denn das Kind brachte bei der Mutter das ordentliche Nacheinander der Wörter im Satz lediglich durcheinander oder setzte sie, als müßten sie einzeln gesprochen werden und als bildeten sie keinen Zusammenhang, ab, während es den vollständigen Satz bei ihm gänzlich verweigerte und ihn anfangs auf ein Wort reduzierte, um schließlich völlig zu verstummen. Bei mir, soll mein Vater seinem Vater erzählt haben, War das Kind beim Anhören eines vollständigen Satzes vollkommen verstummt, während es bei ihr, seiner Mutter, immerhin noch etwas Blödsinniges damit anfing. Dann sagte es bei mir nur noch vereinzelte Wörter, während es bei ihr, langsam zwar und Silbe für Silbe, noch Wortverbindungen sprach und aus vollständigen Sätzen Halbsätze bildete usw. Am Anfang der Krankheit hatte es wenigstens noch etwas Blödsinniges gesagt, und dann hatte es zumindest noch Wörter gesprochen, bei ihr, seiner Mutter, hatte es sogar noch Halbsätze und Wortverbindungen gesprochen und bei mir hatte es noch vereinzelte Wörter gesprochen, und dann, soll mein Vater erzählt haben, Sprach es wenigstens noch bei ihr vereinzelte Wörter, langsam Silbe für Silbe zwar, aber immerhin, während es bei mir schon gar nicht mehr sprach und auch auf die Dunkelheit nicht mehr reagierte, die am Anfang der Krankheit fast Besserung zu bringen versprach. Aber nun, soll mein Vater seinem Vater erzählt haben, Sagt das Kind gar nichts mehr, weder bei mir, noch bei ihr, seiner Mutter, jetzt ist es stumm und am Ende seiner Krankheit und vielleicht schon verrückt. Und wie schön, erzählte meine Mutter, soll mein Vater zu seinem Vater gesagt haben, Hat doch das Kind beim letzten Aufsagewettbewerb dagestanden, und wie ordentlich hatte es rezitiert. Nicht ein einziges Mal, habe er gesagt, ist es steckengeblieben, und die beste Benotung und den ersten Preis hat es bekommen. Wie jedes Weihnachten, erzählte meine Mutter, soll es einen sogenannten Aufsagewettbewerb aller Enkelkinder im Hause der Großeltern gegeben haben, und dieser *Aufsagewettbewerb* soll eine Erfindung der Großmutter gewesen sein, die als außerordentlich musisch erzogen galt und die *musische Erziehung* für das Wichtigste überhaupt hielt, denn eine musische Erziehung, habe meine Großmutter behauptet, sei Bedingung für ein *ästhetisches Empfinden,* und dieses wiederum ermögliche ein *hygienisches Bewußtsein.* Sinn der musischen Erziehung, soll Großmutter behauptet haben, ist letztendlich natürlich ein hygienisches Bewußtsein, denn nur mit einem hygienischen Bewußtsein könne einer gesund und leistungsfähig sein, aber, soll Großmutter behauptet haben, ein hygienisches Bewußtsein ist eben nur über ein ästhetisches Empfinden herstellbar, und dieses wiederum über eine musische Gesamterziehung. So habe Großmutter nie von sauberen oder schmutzigen Händen oder von gekämmten oder ungekämmten Haaren usw. gesprochen, sondern immer von *ästhetischen* oder *unästhetischen* Händen oder Haaren usw., es gab lediglich *ästhetisch* oder *unästhetisch, hygienisch* oder *unhygienisch* und letztlich *gesund* oder *ungesund* für sie, und dies habe immer davon abgehangen, wie musisch einer erzogen worden war. An dem jährlichen Aufsagewettbewerb habe Großmutter nun erkennen können, erzählte meine Mutter, wie es um die musische Erziehung ihrer Enkelkinder stand, und alle Tanten und Onkels, Schwestern und Brüder, Nichten und Neffen usw. seien gekommen, und die Enkelkinder haben der Größe nach unterm Christbaum gestanden und aufgesagt, was sie in wochenlanger Lernarbeit vorbereitet hatten. Und zuerst habe Alexander sein Gedicht vorgesprochen, aber nur sechs von möglichen zehn Punkten bekommen, und das sei ihr, meiner Mutter, eine Genugtuung gewesen, da Alexanders Mutter, die Tante Edith, eine ganz miese Person gewesen sei und sie, meine Mutter, geringschätzig behandelt habe, da meine Mutter zu arm gewesen war und nicht solcherart Blusen und Röcke tragen konnte, wie Tante Edith sie trug. Nun aber habe ihr Sohn, der Alexander, den sie, meine Mutter, ebenso verzogen fand wie dessen Mutter arrogant, so sehr versagt, daß er, obgleich der Alexander als Großmutters liebstes Enkelkind galt, nur von möglichen zehn sechs Punkte bekommen konnte, und das waren immer noch, so habe es meine Mutter empfunden, mindestens zwei Punkte zuviel gewesen, aber dennoch eben nur sechs und nicht acht, neun oder zehn, wie man es vom Alexander eigentlich erwartet hatte. Meiner Mutter sei es eine Genugtuung höchsten Grades gewesen, und sie habe, so berichtete meine Großmutter später einmal, die Mutter des Alexander so sehr von oben herab gemustert, wie man es überhaupt noch nicht gesehen haben will, so daß die derart angeschaute Tante Edith puterrot geworden sei und anhaltend trocken zu husten begann, um sich ein Tuch vors Gesicht halten zu können. Denn es sei, so meine Großmutter, nur ein sogenannter Reaktionshusten gewesen, wie sie es am Ton, der ihr ein unästhetischer Ton war, erkannt haben will. Danach, erzählte meine Mutter, wäre die kleine Karin an der Reihe gewesen, die damals noch kleiner war und gerade Mama und Papa und ein bißchen dummes Alltagszeug sprechen konnte und allein mit dem doch recht ordentlich ausgesprochenen Wort: Weihnachtsmann entlassen worden sei, aber natürlich außer Wertung. Nun aber, erzählte meine Mutter, soll mein Vater zu seinem Vater gesagt haben, Nun stand das Kind in kerzengerader Haltung wie eine Eins unterm Christbaum im Aufsagewettbewerb, und alles, soll mein Vater gesagt haben, Hatte gestimmt. Die Frisur hatte gestimmt und die Stellung der Füße, die hervorgehobene Brust und die nach hinten gezogene Schulter, und wie das Kind ein wenig melodisch den Arm bewegte, als es seinen Text zu sprechen begann, es hatte einfach alles gestimmt. Und sie, seine Mutter, soll mein Vater gesagt haben, War erregter noch als das Kind. Das Kind war gar nicht so stark erregt, es war auf eine sympathische Art etwas nervös, aber nicht so sehr wie seine Mutter, die, so meine Großmutter später, unter großem Erfolgszwang gestanden hat, wo sie doch eben über die Mutter des Alexander mit höchster Genugtuung triumphierte. Und dann hat das Kind ganz ordentlich zu rezitieren begonnen: Der Mond ist aufgegangen / und alle Sternlein prangen / am Himmel wunderbar..., ganz tadellos, und seine Mutter, soll mein Vater zu seinem Vater gesagt haben, Zitterte geradezu und schwitzte und zog sich trockene Haut von der Unterlippe ab, denn das Kind war an der Stelle: und alle Sternlein ... prangen, an dieser Stelle war das Kind bei den Proben immer steckengeblieben, so daß sie, seine Mutter, unwillkürlich an eben dieser Stelle mit den Fingern schnipste und unbeabsichtigt das Kind in seinem Vortrag störte, das jenes bei den Proben notwendige Fingerschnipsen nun, im Ernst des Wettbewerbes, gar nicht brauchte. Und seine Mutter, soll mein Vater gesagt haben, Ist der allerglücklichste Mensch gewesen, als es dann von allen einstimmig hieß: zehn Punkte für diese Leistung. Doch jetzt, soll mein Vater zu seinem Vater gesagt haben, Jetzt ist dieses Kind, das schon einmal so ordentlich gesprochen hatte, vollkommen stumm, als wäre es blödsinnig geworden. Und das nun in eine völlige Stummheit verfallene Kind kann sich an keine Situation des Sprechens erinnern, ihm sind, soll der Arzt zu meinem Vater in einem ernsten und scharfen Ton gesagt haben, Alle Bilder, die Situationsbilder des Sprechens gewesen sind, verlorengegangen, so als wäre ihm die Zeit, die es mit Sprechen und die es in der Welt des Sprechens verbrachte, eine unwirkliche Zeit gewesen. Dieses Kind ist ein in den Sätzen und Formulierungen verlorengegangenes Kind, das verwirrt worden ist von einer Sprache, die nur die Ordnung des Vaters repräsentierte und von ihm verlangte, daß es würde wie er. Das Kind fühlt sich durch die Sprache beherrscht, soll er gesagt haben, Es spürt, daß in ihr ein Herrschaftsanspruch eingelöst werden soll, durch den es sich und seinen Körper aufzugeben hat. Aber, so soll er fortgefahren sein, Zugleich spürt es, daß die Sprache nicht allein die Ordnung des Vaters ausdrückt, sondern daß sie eine Ordnung ausdrückt, die über den Vater gestellt ist und nur durch ihn hindurchdringt, was den Vater, sobald er zu dem Kind zu sprechen beginne, als abwesend erscheinen lasse, ganz so, wie es sich selbst als abwesend erlebt, wenn es in die Welt des geordneten Sprechens gerät. Es fühlt sich also, habe er meinem Vater erklärt, durch die Sprache getäuscht und entzieht sich ihr, so wie man sich einer bestimmten Nahrung entzieht. Früher, ehe es in die Welt des Sprechens geraten war, muß es sich sicher gefühlt haben, es muß empfunden haben, daß nichts in den Körper einzudringen vermag und daß alle möglichen Strafen und Regeln an der Oberfläche haftengeblieben sind und das Innere nicht berührten. Die Worte aber drangen wie vergiftete Pfeile ins Fleisch, über sie hatte das Kind sich mitzuteilen und sein Inneres nach außen zu bringen, wo es den korrigierenden und beeinflussenden Blick des Vaters gab, der die Wirklichkeit des Kindes seiner Ordnung unterstellte. Diese Ordnung aber war etwas Fremdes und Äußeres gewesen, das die Sprache verdarb und sie mit einer Gewalt in Verbindung brachte, die in dieser Gesellschaft sein muß, soll der Arzt weiterhin gesagt haben. In dieser Sprache, die keine identischen Inhalte vermitteln könne, gäbe es nur die Bestätigung oder den Ausschluß, und das Kind habe sich selbst ausgeschlossen, indem es anstatt: Das ist ein Baum, Das, Pause, ist, Pause, ein, Pause, Baum usw. gesagt hat, um schließlich nichts mehr zu sagen und zu verstummen. Und ich bin verstummt oder ausgeschlossen worden, oder ich habe mich selbst ausgeschlossen, und der Wiederbeginn des Sprechens konnte nur außerhalb der Ordnung des Vaters (oder des Großvaters, beispielsweise) erfolgen. Ich habe es rechtzeitig bemerkt, welchen Anspruch diese Sprache transportierte, und habe mich herausbegeben aus ihr, oder ich war aus dieser Sprache bereits vertrieben, ehe ich sie nachzusprechen lernte, aber ich lernte ja nicht, ich hatte angefangen zu lernen, mir dann aber, und das ist mein Vater gewesen, die Stimme beschädigt, und ich weiß nicht, ob dieser Arzt meiner Kindheit später nicht doch noch verhaftet worden ist.

5

... es waren nichts als schlechte, kitschige Filme, die zur Wirklichkeit wurden, Wirklichkeit, die ein Film wird, eine Revolution, wie sie es nennen, die heute schon eine Sonderbriefmarke ist, dreißig plus fünf Pfennige wert, ein apartes Motiv, die Leipziger Nikolaikirche mit ihrem Vorplatz voller demonstrierender Menschen, auf den Umschlag geklebt eines Briefes, der mich eben erreichte, welch eine Nachricht, denn lebendiger als durch einen Aufkleber kann man keine Bewegung begraben, die Sammler von Sonderdrukken sind schuld, die Philatelie macht die Geschichte verderblich, sie ist der absurde Schatten einer Entwicklung, die sich allein über die Reproduktion wahrzunehmen imstande ist, über die Form einer zynischen Abbildungstechnik, als sie riefen, »Wir sind das Volk!«, haben sie ein Bewußtsein produziert, und als sie den Ausruf als Abziehbild auf ihre Autos geklebt haben, war das Bewußtsein als abgebildetes Bewußtsein wieder verlorengegangen. Die Revolution, wie es genannt wird, besteht heute nur noch aus bedeutungslosen, entwerteten Zeichen, die als Abbildung das Abgebildete töten, die Geschichte der Moderne ist eine Geschichte der Abbildungen, alles wird kopiert und über die Kopie zur Realität, die Liebe in einem billigen Fortsetzungsheft, in dessen Handlung die Schwiegermutter prinzipiell dagegen ist, bis sie vom Adelsstand des Begehrten ihrer Tochter erfährt, aus der Position des Grafen erzählt, aber alles geht weiter, die Abbildungen gehen weiter, die Sonderdrucke und Abziehbilder und Videoclips gehen weiter, die Fotografien gehen weiter, die schlechten Filme und die schlechten Romane gehen weiter, die Revolutionen und die scheiternden Revolutionen gehen weiter, die bedeutungslosen, entwerteten Zeichen gehen weiter, die Entfremdungen und die Verzweiflungen und die Einsamkeiten gehen weiter, die Gewalt geht weiter, die Angst geht weiter, die Liebe an einem Mittwochnachmittag geht weiter, die Liebe auf einer Parkbank und die Liebe im Kopf gehen weiter, die Worte gehen weiter, und der Tod der Worte geht weiter, das Leben und die Erfindung davon zu leben und die Kopie darüber gehen weiter und weiter und weiter. Um uns herum nichts als schlechte, kitschige Filme, die zur Wirklichkeit wurden und so weiter. Der einem wie Stallgeruch anhaftende Status DDR geht weiter und die belästigenden Fragen gehen weiter, nirgendwo kann man der Gesellschaft, in die man zufällig hineingeworfen war und die man vielleicht nur aus Faulheit und mangelndem Leidensdruck nicht verließ, da man lange schon fertig war mit ihr nach außen und innen und nichts mehr erwartete und nichts mehr bekam, entkommen, verurteilt, in der Fremde deren Repräsentant zu sein. Die erbarmungslose Unterstellung einer Identität mit seiner Herkunft. Man wird zum Objekt einer Voreingenommenheit. Die Fragen stellen die Subjektivität, die man verkörpert, in einen Zusammenhang, in dem sie erlischt. Ich fühle mich abwechselnd verärgert, gekränkt und gelangweilt, wenn ich über politische Zustände Auskunft geben soll, als hätte ich sie gewollt oder verschuldet, geliebt oder gelitten in einer Präsenz, die über mein Leben und meine Existenz weit hinausgeht. Und im übrigen, was war das Ende einer

Revolution jemals anderes als eine Annonce, die ich zufällig in der Hamburger Morgenpost lese: NEU, Demo-Modell DDR, 22 Jahre, auch frz. und griech.; man möchte diese Nummer wählen, hinfahren und es, bis die Tränen kommen, tun.

6

. . ., so also mußten die jüngsten und vielleicht letzten Briefe meines Großvaters voller Verbitterung und Einsamkeit gewesen sein, und ich wollte sie, obgleich sie aufgefaltet auf dem Tisch bei meinem Vater lagen, nicht lesen, denn ich hatte seit längerer Zeit schon beschlossen, mich für die Existenz, die gewiß auch etwas Exemplarisches hat, nicht mehr zu interessieren, zumal ich das Exemplarische seiner Existenz durchschaut zu haben glaubte und mir das Individuelle seiner Existenz gleichgültig geworden war. Mein Vater stand auf, und ehe er das Zimmer verließ, zeigte er mit einer traurigen Geste auf die weit auseinandergebreiteten Briefe und sagte, Großvater hat geschrieben, und dieses »Großvater hat geschrieben« klang nicht nur wie die bedeutendste Neuigkeit des Tages, sondern auch wie die Aufforderung, selbstverständlich diese Briefe zu lesen. Selbstverständlich hatte es mich etwas anzugehen, was Großvater schreibt, mich hatten seine Gedanken und mich hatte sein Befinden etwas anzugehen, wie mich die Gedanken und wie mich das Befinden meines Vaters und überhaupt der Familie selbstverständlich etwas anzugehen hatte, es war ein Sog, es war eine Falle, es war ein Strick am Hals, der sich zuzog, es war etwas von jenem Dauerinzest daran, durch den man seine Herkunft wie ein Schicksal mit sich herumträgt. Jetzt, wo Großvater ins Siechtum und wo Vater ins Alter geriet, jetzt, wo sie vor ihrem Scheitern standen, jetzt hatte mich ihr

Leben zu interessieren und etwas anzugehen. Als ich ein junger, abhängiger Mensch war, und nichts kommt mir im nachhinein trostloser vor als meine Jugend, hatte mich ihr Leben nichts anzugehen, mein Widerspruch erschien ihnen lächerlich, ich hatte richtig zu finden oder bestraft zu werden, ich bin in die Welt ihrer Sprache gekommen und krank geworden, es war nur Fremde und Alleinsein um mich, aber jetzt, jetzt soll dieser Inzest wieder aufgenommen werden, dachte ich, jetzt soll ich eingegliedert sein und das Straucheln begleiten und ihren Sinnverlust bedauern, als hätte ich jemals dazugehört und als würde ich keine Abweisungen erlebt haben. Vater ließ mich mit den Briefen allein, damit ich sie in aller Ruhe durchsehen könne, aber er ignorierte meine Erfahrung, er glaubte, er könne den Familienkreis nach seinem Belieben öffnen und schließen, so als wäre ich noch immer das Objekt seiner Herrschaft, wie er das Objekt einer anderen Herrschaft war, er glaubte, er könne mit einigen wenigen rhetorischen Gesten den Kontakt wieder herstellen, eine Verbundenheit aufbauen, eine späte Symbiose erzeugen und mich ins Leiden hineinziehen, ich steigerte mich in eine immer größere Wut, ich fühlte mich bevormundet und von einer verspäteten Zuwendung bedroht. Nun, wo es kein Amt mehr zu verlieren und keine Ideologie mehr zu verteidigen und kein Prinzip mehr einzuhalten gab, wo die Autoritätsbilder zerstört und die Orden, Spangen und Nadeln wertlos geworden waren, wo die Lieder nicht mehr stimmten und der Fahneneid gebrochen war, wo nur noch jene Leere herrschte, die ihre Sätze angerichtet hatten und die durch keine Täuschung mehr überstrahlt werden konnte, ausgerechnet jetzt sollte ich Zuwendung erhalten. Ich sollte davon ausgehen, immer meines Vaters oder auch meines Großvaters Zuwendung gehabt zu haben, so daß ich mich heute ganz selbstverständlich ihnen zuzuwenden habe und mich beispielsweise um die Briefe kümmere, die vor mir lagen wie ein zerbrochenes Leben. Diese Liebe zu mir, wie sie im Raum war, wurde mir schmerzlicher, als es die Nichtliebe zur Zeit meiner Kindheit und Jugend für mich war. Sie kam zu spät. Sie ignorierte die Zeit. Sie war von Zwecken bestimmt. Sie erinnerte mich an alles, was ich vermißte. Sie forderte Erwiderung, sie wollte gutmachen, und sie sprach mir Schuld zu, sie zog mich zurück. Sie fesselte mich, sie machte mich wütend, sie war eine Erpressung und als diese gemein. Ich wollte sie nicht. Ich wollte sie und meine ganze Herkunft los sein, die mir immer nur den Hals zuschnürte und die Luft nahm, ich hatte die Gelegenheit, ohne Liebe gewesen zu sein und nichts durchtrennen zu müssen, schon zu sehr genutzt, als daß ich jetzt ins Netzwerk der Beziehungen gegangen wäre und mich mit Äußerungen beschäftigt hätte, die ich ohnehin nur fremd und verlogen finden konnte. Ich sollte diese Trauerbriefe lesen und mit meinem Vater womöglich in gebrochener Stimme darüber reden. Aber ich bin entschlossen gewesen, mich nicht noch einmal in diese Gedanken- und Lebenswelt hineinzubegeben, ich wollte nichts, aber auch gar nichts mehr damit zu tun haben. Es war ohnehin klar, was dieser von zwei Weltkriegen innerlich vernarbte Mann nach dem Zusammenbruch des Landes, der zugleich den Zusammenbruch, den *wiederholten* Zusammenbruch eines Glaubenssystems für ihn bedeutete, empfand, und selbst wenn er einen Stoß unbeschriebener Blätter abgeschickt hätte, wäre auf ihnen der Text einer Verzweiflung sichtbar geworden und einer Entschiedenheit zum Sterben. Vielleicht wollte ich mich auch eines Mitgefühls verweigern, das ich nach der Lektüre unweigerlich gehabt und das mir das Bild, das ich von Großvater besaß, beschädigt hätte. Vielleicht nahm ich von einem frühen Augenblick an nur noch seine verlogene Existenz wahr und übersah die gefährdete oder hilflose oder von außen bestimmte Existenz. Vielleicht war ich auf eine seitenverkehrte Weise ebenso intolerant und kompromißlos geworden wie er oder wie mein Vater. Vielleicht war alles das in meinen Körper geraten, was ich verachtete und niederträchtig fand und auf Distanz haben wollte. Vielleicht tönten ihre Behauptungen in meinen Behauptungen mit, hat sich ihre Sprache in meine Sprache gemischt, so wie sich die Sprache der Macht in ihre Sprache gemischt hat, so daß sie sich schließlich selbst zu Gesicht bekämen in mir und durch mich hindurch. Dann also hätte ich die ganze Zeit über in Verbindung mit ihnen gestanden und nach ihrer Ordnung empfangen und gesendet und kein Wissen darüber gehabt. Dann wäre ich ihr Komplize, der nur die Bedeutung vertauscht hat. Dann wiederholte sich, da ich sie behandele, wie ich behandelt worden bin, in mir ihre Struktur, und ich müßte in meiner eigenen Niedertracht versinken und schuldig geworden sein und Schuld zugesprochen bekommen. Dann gäbe es immer nur Schuld und niemals ein Entkommen aus einer Ordnung, mit dem Körper nicht und in der Sprache nicht. Dann wäre der Mensch nichts als die Verlängerung des jeweils herrschenden Krieges. Aber das glaube ich nicht. Ich habe rechtzeitig den inneren Kontakt unterbrochen und bin davongegangen, um dieses Bildnis der Lüge nicht länger zu sehen, das mich umgab. Es heute zu entschuldigen wäre eine arrogante Art der Selbsterhöhung und Gönnerhaftigkeit, die lediglich vorgeben würde, körperlos und unverletzbar zu sein, nein, sie haben das Recht auf mein Urteil, mein armer Vater und mein armer Großvater, sie haben ihre Liebe gegen Ideologie eingetauscht und sie verspielt. Ich denke nicht daran, das nicht abscheulich zu finden, ich denke nicht daran, die Kränkung zu vergessen und zu verzeihen und die Kränkung durch Verzeihungen ungeschehen zu machen für ein kleines, eitles Gefühl scheinbarer Überlegenheit, das sie schließlich mehr demütigen würde, als mein Haß sie demütigen kann, nein, ich denke nicht daran zu verzeihen, das immerhin haben sie verdient, das bin ich ihnen schuldig, das bin ich mir selbst schuldig, das bin ich der Ähnlichkeit schuldig, die mir ins Gesicht geschrieben steht und die ich nicht loswerden kann, die ich loswerden will und die ich nicht loswerden kann, die Herkunft, die ich loswerden will und nicht loswerden kann, die Ordnung, die Sprache. Aber bis zu jenem Augenblick, in dem ich die Fotografie gefunden habe, die Großvater in Uniform im Kreise seiner blonden Familie zeigt und die den stolzen Vermerk auf der Rückseite hat: »Für Führer, Volk und Vaterland – Weihnachten 1941«, bis zu jenem Augenblick, in dem mir seine Existenz als eine verlogene Existenz vorgekommen war, verehrte ich ihn. Und es ist nicht allein die in einer Pappschachtel gefundene Fotografie, es ist die gefundene Fotografie auf dem Hintergrund aller Ansprüche und Behauptungen gewesen, die meine Verehrung haltlos werden ließ.

7

... und dann kamen wir mit dem Auto durch eine Siedlung, die von den anderen Siedlungen dieser Gegend nur durch ein Hinweisschild zu unterscheiden war, auf dem in vielversprechender Größe und Farbgebung »Zum Haus der Kunst« stand, denn alle Siedlungen dieser Gegend haben die gleiche Architektur der Leere und der Abwesenheit von Menschen, deren Gestorbensein die makellosen Perfektionshäuser und die geputzten Vorgärten und die gereinigten Wege und die gewaschenen Fahrzeuge bezeugen, so daß ein in dieser Gegend einmaliges Hinweisschild »Zum Haus der Kunst« zum einzigen Unterscheidungsmerkmal wird und zur Orientierung, denn es ist völlig gewiß, daß ein Unkundiger sich hier verfährt und hilflos umherirrt und unmöglich feststellen kann, ob die makellosen Perfektionshäuser und die geputzten Vorgärten und die gereinigten Wege und die gewaschenen Fahrzeuge nun noch zu jener Ortschaft gehören, die er verlassen will, zu jener, die er durchfahren muß, oder bereits Bestandteil der gesuchten Ortschaft sind, um ständig im Kreis zu fahren oder vorwärts zu kommen in einer Weise, die dem Fahrenden selbst nicht einsichtig ist, denn es sind immer dieselben Fassaden und immer dieselben Abwesenheiten von Leben, und es ist ganz und gar überflüssig und verwirrend, daß für immer dieselben Fassaden und Abwesenheiten von Leben die verschiedenen Ortsnamen gelten, die einen schließlich in diese hilflose Lage bringen, nichts, aber auch gar nichts wiederzufinden, weil nichts, aber auch gar nichts zu unterscheiden ist voneinander, und so kamen wir mit dem Auto durch eine Siedlung, die sich von den anderen Siedlungen, die wir wahrscheinlich mehrmals durchquerten, allein durch ein Schild unterschied, auf dem in vielversprechender Größe und Farbgebung, rot auf hellblauem Grund, »Zum Haus der Kunst« stand und bald zur einzigen Orientierung werden sollte, wenn wir uns wieder und wieder verfuhren von Ortschaft zu Ortschaft, um wieder und wieder dieses Schild, rot auf hellblauem Grund, zu entdecken, was diese eine gestorbene Siedlung von den anderen unterschied und zur einzigen Orientierung dafür werden sollte, daß wir im Kreis fuhren, wo wir andernfalls geglaubt hätten, geradeaus zu fahren, endlos und geradewegs in den Tod, so daß wir bald schon nur noch sagten, Vom Schild links entlang, oder, Vom Schild aus rechts, oder, Jetzt waren wir zehn Minuten vom Schild entfernt oder nur fünf und so weiter, womit immer dieses Hinweisschild, rot auf hellblauem Grund, »Zum Haus der Kunst« gemeint war, dem wir schließlich, in einem Gefühl der Erwartung und Verzweiflung zugleich, folgten, um, nach nochmaligen, wenngleich kürzeren Fahrten im Kreis, vor einem ebenso makellosen Perfektionshaus zu stehen, wie alle Häuser in dieser Ortschaft und in dieser Gegend makellose Perfektionshäuser sind, in deren Vorgärten prächtig der Rhododendron blüht, rosa und weiß und in vielen Tönen des Lila, von gesäuberten Plattengehwegen umgeben, die zum Hauseingang und zur Doppelgarage und zur Straße führen, auf der das gewaschene Familienfahrzeug steht, auf dem aber auch keine Schmutzspur und kein Kratzer und kein Fleck zu sehen ist, um von nichts anderem zu zeugen als von Abwesenheit und Gestorbensein, ein ewiger Sonntagnachmittag bei Tisch, so daß wir, als wir durch die offene Tür ins »Haus der Kunst« gingen, eigentlich nichts anderes als Leere erwarten konnten, in einer Gegend, die ausschließlich aus Leere bestand und aus Totengräbern, die selbst unsichtbar blieben und jeden Morgen, wie wir uns dachten, diese Leere mit makellosen Perfektionshäusern und geputzten Vorgärten und gereinigten Wegen und gewaschenen Fahrzeugen füllten, um sie am Abend und für die Nacht wieder einzuräumen und in hölzernen Särgen zu schonen, die sie mit sich nahmen in die Finsternis unter der Erde, denn tatsächlich waren diese Gegenstände Spielzeuggegenstände, und auch wir hielten sie in den Händen, als wir im »Haus der Kunst« sie in Regalen stehen sahen, die kleinen Häuschen und die kleinen Fahrzeuge und die kleinen Bäumchen und Blümchen, die einst lebende Menschen nachgebildet haben mußten, aus Weichholz oder aus Kienspan oder aus Zapfen, bis wir uns plötzlich selbst in unsichtbare Hände genommen fühlten, als die erste dunkle Wolke am Horizont stand, die bereits zum Abendhimmel gehörte und zu den Vorboten der Nacht, um aufgeräumt zu werden wie alles und um als Nachbildung tot zu erwachen, ohne Sinne, Gefühle und Erinnerungen, sprachunfähig, liebesunfähig und blind, und wir würden begraben liegen hinter einem dieser Vorgärten voller prächtig blühendem

Rhododendron im makellosen Gebäude und lediglich als Attrappe hervorgeholt werden zum Tag, zur Unkenntlichkeit verformt und verschnitzt, aus Weichholz, Kienspan oder Zapfen, und so wußten wir, daß wir nicht im Kreis, sondern geradewegs in den Abgrund gefahren waren, oder daß wir, indem wir im Kreis fuhren, der Geradlinigkeit des Abgrundes folgten, denn jeder Abgrund ist das logische Ende einer Bewegung im Kreis, so wie die Wiederholung zum Tod wird, und dann kamen wir mit dem Auto durch eine Siedlung, die von den anderen Siedlungen dieser Gegend nur durch ein Hinweisschild zu unterscheiden gewesen ist

8

... Großvater schrieb aus Anlaß des Todes meiner Großmutter gerade an einer Familienchronik, die, wie ich später wußte, nicht einmal eine verlogene Familienchronik war, was zur Voraussetzung gehabt hätte, daß er die Wahrheit der Ereignisse kannte und sie bewußt verschwieg oder in verbogene Zusammenhänge brachte. Es war überhaupt keine Familienchronik, sondern eine vollkommen erfundene Geschichte, deren Figuren unsere Namen bekamen und die wie zur Beglaubigung mit willkürlich zurechtgeschnittenen Bildteilen vollgeklebt war. Niemals hat je einer ein Wort über diese fortan als Familienchronik geltende Geschichte verloren. Ein ausdrucksstarkes Schweigen ist alles gewesen, an das ich mich, als mein Vater das in eine Mappe gebundene Schriftstück aus den Händen legte, erinnere, und ich habe zu dieser Zeit die Zeichen des Schweigens nicht zu deuten gewußt. Kurz zuvor noch war ich bei der Beerdigung meiner Großmutter gewesen. Ich trat in das Zimmer, in dem sie bis eben noch herrschte und das ohne sie nicht zu denken gewesen war und in dessen Mitte Großvater stand, um der Reihe nach Kondolenzen entgegenzunehmen, nahm seine vom Alter gezeichnete Hand, die wie ein gebrochener Flügel schlaff in meiner Hand lag und nicht zu erkennen gab, ob die hilflos dahingestammelten Sätze des Beileids verstanden worden waren, und empfand nichts, so daß ich sie länger noch hielt, als ich sprach. Aber auch die Trauer meines Großvaters war weniger ein Trauern um den Tod seiner Frau als vielmehr um die Unwiederbringlichkeit der eigenen Zeit, die mit meiner Großmutter bis zu diesem Augenblick am Leben war und mit ihr zu Ende ging. Es war ihre Zeugenschaft, die zu Grabe getragen wurde und in der Erde verschwand, und unsere Trauer ist die mahnende Gewißheit gewesen, selbst eines Tages zu Grabe getragen zu werden und in der Erde zu verschwinden und sich aufzulösen. Ich sah mich als Kind, wie es in dem viel zu großen Raum auf einer Teppichecke unter dem Eichentisch hockte und mit den Worten »Spiel mit dir«, die Großmutter im Fortgehen sagte, allein war, allein mit ein paar angebrochenen Murmeln und vom Nähen übriggebliebenen Bindfäden und Bausteinen, die schon mein Vater aufeinandergestellt hatte und mit denen ich zu sprechen begann, als wären sie Menschen, bis ich Großmutter haßte. So empfand ich nichts anderes als den kalten Schweiß auf der Haut, der mir ein wenig ekelhaft war, als ich noch immer seine Hand in meiner Hand hielt, so als könnte ich damit die Verlogenheit von den Worten nehmen und die Scham, zu aller Blöße auch noch einen unnatürlichen Lachdrang verspürt zu haben. Die Trauer um einen Menschen, der mir gleichgültig war, ist mir nur komisch, geradezu grotesk vorgekommen, und auch Großvaters Trauer ging, soweit sie mitzuerleben gewesen ist, sehr schnell in eine unerwartete Lebensfreude über, mit der er meinen Vater und die Geschwister meines Vaters verletzte. Er war gesund und voller Einfälle wie nie, unternahm ausgedehnte Wanderungen und Reisen, wie es vorher unmöglich gewesen wäre, kleidete sich modern und schrieb wochen- und monatelang seine Chronik – ein plötzlicher Flaneur, der in einem Konventionsgefängnis lebte und nun die Tage selbstbefreit und versponnen genoß. Die Familie, die ein ausgedehntes Trauerritual inszenierte – und mein Vater reagierten nicht zuletzt auf das Herzversagen seiner Mutter mit einem mittleren und durchaus lebensgefährlichen Infarkt, während Großvater, der, seit ich denken kann, an nervösen Herzbeschwerden litt, von allen Leiden geheilt zu sein schien und keinen Klagelaut über seine Lippen brachte –, war verstört, als Großvater den Empfindungsverrat auch noch soweit vorantrieb, nach kurzer Zeit schon die Heirat mit einer vermögenden Unternehmerwitwe anzukündigen, unvorstellbar für alle. Großvater, der in jeder dunklen Nische den *Klassenfeind*, so eines seiner am häufigsten benutzten Worte, Anschläge vorbereiten sah und hinter jedem Defekt den ferngesteuerten Sabotageakt im Westen sitzender Kapitalisten vermutete, Großvater und eine Unternehmerwitwe. Die Bestürzung, als er nur kurze Zeit vorher seiner fast dreißig Jahre jüngeren Nachbarin einen Antrag machte – einst jagte er sie im scharfen Bewußtsein marxistischer Aufklärungsarbeit und Überzeugung mit den laut gegen sie erhobenen Worten: »Diese Kirchenliese kommt mir nicht mehr ins Haus« davon –, diese Bestürzung war mit dem heilsamen und von meinem Vater erfundenen Schlagwort »Schockreaktion«, was so viel hieß wie kurzzeitige und mit der persönlichen Lage zu entschuldigenden Verblödung, noch abzuwehren gewesen. Aber jetzt jenes *späte Fräulein aus vornehmen Hause*, von dem er sich auf lächerliche, dandyhafte Art einkleiden ließ, um den plötzlichen und anzuheiratenden Wohlstand als einen *verdienten* und *berechtigten* Wohlstand zu erklären, was vor Monaten noch das mit *Arbeiterblut bezahlte* Ergebnis *erbarmungs-*

loser und ins Alter geretteter *Ausbeutung* gewesen wäre, das war für alle ganz entschieden zu viel, das stürzte nun jeden, der ihn auch nur etwas länger kannte, in Enttäuschung. Großvater und eine solche Heirat. Anstatt erwartungsgemäß und anständigerweise, um es in gebrochenem Tonfall zu sagen, mit dem Tod seiner Frau, die alle »unsere Mutter« oder »Mutti« oder gar, wie mein armer weinender Vater an ihrem Sterbebett, »Mama« nannten, wenigstens zeitweilig, wenigstens ein Trauerjahr lang in Gram zu verfallen, Großvater und eine *Unternehmerwitwe.* Als hätte die Bestürzung auslösende und mit zeitweiliger Überdrehtheit des Gemütes abgetane Affäre mit der »viel zu jungen Kirchenliese«, so mein Vater im Zorn immer wieder, noch nicht gereicht, einer Affäre, die nicht nur einer nach Meinung der Familie viel zu jungen Frau galt und die, da sie erfolglos endete, Großvater in einer Leidensfähigkeit zeigte, wie man sie an ihm beim Tode seiner Frau zu Recht vermißte und die nun nichts als Eifersucht hervorbringen mußte, sondern auch, und das war vielleicht das Enttäuschendste daran, zur Affäre mit dem Gegenteil seiner bis zur Stunde hochgelobten Ideale und hitzig verteidigten Prinzipien geworden war. Niemand wußte noch, wer Großvater eigentlich war, und seine beherrschende Familienstellung veränderte sich in einer Weise, in der seine Existenz eine undurchschaubare und rätselhafte wurde. Alle glaubten sie, ihn hinlänglich zu kennen, seine Gedanken und Handlungen, die Bewegungen seiner Anwesenheit voraussagen zu können, wie sie bei ihnen selbst, zumindest dem Schein nach, voraussagbar waren, um in dieser stillschweigenden Übereinkunft, einander berechenbar zu sein, auf hilflose Weise Schutz und Geborgenheit zu empfangen. Und es ist nicht allein die Art gewesen, die sie bis zur Kränkung überraschte, es ist zugleich die *gebrochene Übereinkunft* gewesen, durch die er sich isolierte. Daß Großvaters Handlungen nicht mehr voraussehbar waren und sein Leben unberechenbare Formen annahm war, da es den Verweis auf die Unberechenbarkeit der Dinge und des Lebens an sich zuließ und den dünnen Nebel der Illusion von Schutz und Geborgenheit für jeden einzelnen zerriß, die eigentliche, mehr empfundene als verstandene Gefahr. Je größer, stärker und verläßlicher Großvaters vorgetäuschte Stabilität und Prinzipientreue schienen, desto erbärmlicher, enttäuschender und verletztender war jetzt dieser Abgang, der sie vor sich selber blamiert und lächerlich gemacht zurückließ. Alles erstunken und erlogen, muß mein Vater nun um einiges hoffnungsloser gedacht haben, wie diese nun schon im Zeitungskorb unten liegende Chronik, die jedoch nach wie vor in ein stumm verabredetes Schweigen gehüllt blieb, was sich auch niemals ändern sollte. Die Zeit und die Ehe mit Hanna, so hebt das Erfindungsstück an, waren das Schönste, das ich erleben konnte und das Licht, das mir die Tage erhellte, und es muß einen mir bis heute nicht ganz durchsichtigen Grund gegeben haben, daß jeder sich daran hielt, über dieses paranoische Schriftwerk, deren Figuren nur zufällig unsere Namen bekamen, zu schweigen und es so als *Familienchronik* anzuerkennen. Und dieser mir nicht ganz durchsichtige Grund muß zugleich einen Nutzen für jeden einzelnen bedeutet haben, denn die Wahrheit gerade über die Ehe war, und das wußte ich sehr zuverlässig durch meine Mutter und durch eigene Erlebnisse, daß sie ein Beziehungsabgrund gewesen ist mit lebenslänglicher Fallzeit und durch Kinderreichtum und Umstände unkündbar. Alle hatten sie ein nicht ganz kleines Stück dieser Erfindung in sich, die Großvater *Familienchronik* nannte, nach der die Familie intakt und das Leben *ein Kampf im Dienste des Sozialismus* gewesen ist. Nun aber, wo offenbar wurde, daß Großvaters Prinzipien nicht Resultat einer unverrückbaren Weltanschauung gewesen waren, sondern Folge ausschließlich zufälliger Umstände und Gegebenheiten, wo offenbar wurde, daß ihm die willfährig von außen zugekommene Lebensform die plötzlich einzig richtige schien, was zugleich hieß, alle anderen Lebensformen entschieden abzuwehren und auszuschließen und zu verwerfen und gegebenenfalls zu bekämpfen, da er in Wirklichkeit ein schwacher, ein sehr schwacher und von den Ereignissen hin- und hergerissener Mensch war, der seine Schwäche hinter Prinzipien verbarg, wo all dies offenbar wurde und auch nicht mehr mit Hilfe einer zwar eingehaltenen, jedoch hinlänglich durch die Tatsachen sinnlos gewordenen Schweigensverabredung zu verdrängen war, mußte sich die *Familienchronik* im Kopf aller Angehörigen zu einem wertlosen, dem Grad der Lüge nach gar verwerflichen Stück Papier verwandeln, das irgendwo im Zeitungskorb unten zu liegen kam, und genau in diesem Moment bekam mein Vater einen Infarkt. Er, der mir selbst Autorität und unfehlbare Festigkeit vorleben wollte und Unverletzlichkeit schon durch seine starke physische Erscheinung ausstrahlte, die mich schmächtigen Knaben fast abwesend machte, war jetzt vor meinen Augen ein, wie ich es empfunden habe, gestürzter, von dem Gesetz des Lebens auf die weißen Laken der Niederlage gestoßener, dem Tode naher Mann, dessen Krankheit und plötzliche Hilflosigkeit mich erwachsen werden ließen und mir die wie ein Triumph und heimlicher Sieg erschienene Perspektive schenkten, ihn von *oben herab* anschauen zu können. So, wie er mich immer sah, von *oben herab,* bis ich, wie vielleicht nie wieder in meinem Leben, ein tatsächliches Gefühl, eine Liebe für ihn bekam, denn er war mir in dieser Hinfälligkeit und in diesem Sturz tief in sich hinab ein *Mensch* gewesen – wie mir Großvater, als er sich mehr und mehr nicht »verirrte«, wie es allgemein hieß, sondern »offenbarte«, ein *Mensch* gewesen ist, den ich mochte, vielleicht sogar, wie in den Jahren der Kindheit, verehrte. Und da ich seine in alle Widerspruchsteile zerfallende Existenz einmal angenommen hatte, womit ich freilich auch den Standpunkt der Familie verließ und mich meinerseits, wenn das noch möglich gewesen ist, zu isolieren begann, hätte mich auch die plötzliche Entdeckung des Fotos, das nur ein die sogenannte Familienchronik als ersponnene Geschichte beweisendes Detail in einer endlosen Kette von Erfindungen und wahnhaften Entstellungen war, nicht im Sinne einer Erschütterung getroffen – denn durch ein Gespräch, über das ich gleich reden werde, war mir Großvater schon weitestgehend verloren gewesen –, wäre die Entdeckung dieser Fotografie nicht auf dem Hintergrund seiner Ansprüche und Behauptungen geschehen, an die ich mich gerade in diesem Augenblick, in dem ich das wie von der Zeit für ungültig erklärte, an den Rändern vergilbte und in der Mitte verblaßte Bild in den Händen hielt, erinnerte. – Kurz vor der Eheschließung mit der Unternehmerwitwe, man nannte sie tatsächlich lange Zeit und selbst nach der Heirat mit Großvater noch *Unternehmerwitwe,* wenn man über sie sprach, ist Großvater ein weithin verlassener Mann gewesen, der häufiger als üblich zu mir kam, um ein wenig mit dem leisen Unterton des Klagens zu sprechen. Bald schon verstand ich, daß er keine Stunde allein sein konnte und daß es seinem von Prinzipien verbauten Verstand ganz gleichgültig war, *welche* Frau ihm über den Weg lief und *was* sie dachte und sprach, wenn sie nur anwesend war, um ihm sein Alleinsein zu nehmen. Wäre seine Nachbarin bei ihm geblieben, hätte sich Großvater, tiefer noch als er es zeitweise tat, in die Lehre des Christentums begeben, die er dann, um den Bogen zu seiner veräußerten Existenz herzustellen, irgendwie marxistisch interpretiert hätte, so aber ist es die Witwe eines Unternehmers gewesen, und so, aus einem Zufall heraus zwingend, gerieten in Großvaters Weltbild sozialdarwinistische Thesen. – Jetzt saß er mir mit einer Geste der Selbstverständlichkeit gegenüber, erwartete Aufmerksamkeit, Zeit und Respekt, und während er, in Begleitung pathetischer Armbewegungen und bis zur Anstandslosigkeit lauter werdend, über eine gerade eröffnete Kunstausstellung sprach, blickte ich auf die alte, faltige Haut seiner Hände, um ihm nicht in die Augen schauen zu müssen und um mich abzulenken von seiner Rede. Abartig, sagte er mehrmals, Die Hälfte dieser sogenannten *Bilder* ist abartig. Verrückte, schimpfte er weiter, Das sind völlig Verrückte, die so etwas malen, *malen,* was sage ich, schmieren, arbeitsscheue Brüder, die ins Erziehungslager oder gleich in die Anstalt gehören. Das *Schöne,* wo ist das *Schöne?* tobte er, und ich wußte, was er für Bildnisse vor Augen hatte, als er *Schönheit* einforderte. Ruhig bleiben, du wirst ganz ruhig bleiben, forderte ich mich auf, erhob mich vom Stuhl und ging aus dem Zimmer. Das also war die Grundlage seines Denkens, auf der das jeweils gültige Vokabular der Zeit stand. Meine Sympathie und aus fernen Kindertagen erhalten gebliebene Verehrung war nicht beschädigt worden, als ich auf seine Zerrissenheit stieß und erkannte, daß die zur *Familienchronik* gewordenen Erzählungen wahnhafte Erfindungen waren. Aber das war nun nicht mehr anzuhören gewesen, das ist ein Geist, sagte ich mir, der zerstört und nicht hingenommen werden kann, wollte man nicht seine Selbsthinrichtung befördern. Großvater ist verloren, dachte ich, er ist durch die Vergangenheit, weil sie zur Gegenwart wurde, verloren, er ist durch alle *Erfindungen* von Vergangenheit gegangen, um sich eine Gegenwart zu *erschaffen,* die die Vergangenheit entschieden widerruft, aber es ist sinnlos und die Gegenwart ist nur die Verlängerung der Vergangenheit geworden, sie ist eine erbärmliche Ansammlung von Glaubenssätzen, die die Vergangenheit auslöschen sollten, sie aber durch einen nicht überwundenen Geist am Leben erhielten. Großvater konnte, da er sein erstes Leben nicht verstanden und angenommen hatte bis zum heutigen Tag, kein zweites Leben beginnen, er konnte ein zweites Leben nur *inszenieren,* und nichts und niemand durfte seine Inszenierungen stören, oder er war eine mit dem totalitären Anspruch zu zerstörende Gefahr. Die zu Prinzipien geformten Glaubenssätze, die er Weltanschauung oder gar *wissenschaftliche* Weltanschauung nannte, gehörten zu dem System eines Denkens, das nur im *Ausschluß* aller anderen Möglichkeiten des Denkens existieren konnte, es barg eine Gewalt in sich, durch die ich Großvater als die Attrappe der Gesellschaft erkannte, in die hineingeworfen ich lebte, und er verhielt sich ganz so, wie alle Lehrer und alle Beamten und alle Behörden und Medien sich mehr oder wenig freiwillig, mehr oder weniger *inszeniert* verhalten haben und wie ich es erleben mußte und sah. Er hätte mir gegenüber nie dieselbe um Verständnis bemühte Toleranz besessen, die ich für ihn und seine Umstände, die die Familie, nicht zuletzt, weil sie von ihm *geprägt* gewesen ist, *Verirrungen* nannte, besaß. Ich hatte seine plötzlich zum Vorschein gekommene Zerrissenheit mit *Offenbarungen* bezeichnet, während alle anderen der Familie immer von *Verirrungen* sprachen, nun aber war ich mir sicher, daß er, wäre ich in seiner Lage gewesen, von *Verirrungen* gesprochen und mich verurteilt hätte. Er hätte mich entschiedener noch verurteilt, als er selbst verurteilt worden war, dachte ich, denn sein Denken, das er *dialektisches* Denken nannte und das, da es seinen Standpunkt nicht zu verlassen imstande war, ein *pragmatisches,* ganz und gar *politisches* Denken war, brachte nur Verurteilungen hervor, Verurteilungen oder hymnisches Lob. Großvater schwieg, als ich ins Zimmer zurückkam, und da ich die Kraft nicht aufbringen wollte, ihm zu widersprechen, glaubte er am erfolgreichen Ende seiner vernichtenden Rede zu sein.

9

... bis mir dieser Gedanke so vertraut wurde, daß ich ihn fast jeden Tag und an manchen Tagen fast stündlich dachte, womit er nicht nur seine Unheimlichkeit verlor, sondern beruhigend auf mich wirkte, eine vor anderen verheimlichte und in Reserve gehaltene Möglichkeit, die für mich vollkommen verlorene Situation zu beenden und der einer lebenslangen Haftstrafe gleichkommenden Zukunft in den muffigen Sterbehallen einer Fabrik zu entgehen. Nicht, es tatsächlich zu tun und einen Strick sich um den Hals zu legen oder die Adern aufzutrennen oder, wie es ein Freund von mir tat, mit einer Plastiktüte über den Kopf gestülpt Gas einzuatmen, wäre das Entscheidende gewesen, sondern das Entscheidende war der Gedanke daran. Wenn es zu unerträglich wird und es nichts gibt, worauf zu warten oder zu hoffen bliebe, bringst du dich um, sagte ich mir fast jeden Tag und an manchen Tagen fast stündlich, du kannst es tun, immer, du kannst dich der dreisten Geistlosigkeit und Verlorenheit deiner Situation entziehen und dich auslöschen und verschwinden, und so wurde ich etwas ruhiger, fast heiter von Zeit zu Zeit. Ich lief die Straße entlang und dachte, mich an der nächsten und dann an der übernächsten und an der abermals nächsten Ecke unter ein Fahrzeug zu stürzen, ich zählte die Steinsegmente des Fußweges, die ich überquerte, legte jeweils sich verändernde Zahlen fest, die, gerade daß ich sie im Gehen erreichte, den seitlichen Schritt auf die Fahrbahn veranlassen sollten, ich dachte ständig daran, es zu tun, und gewann die Erfahrung, daß allein das Bewußtsein von der Möglichkeit eines derartigen Vorhabens genügte, fast schwerelos Steinsegment für Steinsegment und Straße für Straße vorwärts zu kommen. Da so auch die Zeit zu überwinden gewesen ist und Minute um Minute und Stunde um Stunde damit verging, daß sie die noch zu erreichende und dann letzte sein würde, setzte ich mir bald schon Termine in den Kalender, die nach dem gleichen Prinzip anzustrebende Nahziele waren, im Kopf vollzogene Suizide, mit einem roten S auf im Würfelspiel ermittelte Wochentage geschrieben, in deren gleicher Spalte die nötigen Lehraufgaben und Verabredungen standen. Rückte ein besonders unerträgliches Ereignis heran, etwa ein Ausbildungstag der paramilitärischen »Gesellschaft für Sport und Technik« oder eine für mich von vornherein nicht zu bestehende Prüfung, würfelte ich mir ein S in den Wochenplan, das diesem Ereignis bald folgen würde, und während ganz schlechter Tage, an denen es aussah, als erreichte ich das von mir erdachte nächste Ziel nicht, verfuhr ich in der gleichen Weise mit den Stunden, wie ich sonst mit den Tagen verfuhr. Die Festlegung des S war ein besonderes und mir Genugtuung verschaffendes Ritual: auf einer sich drehenden Pappscheibe, die in Zahlenfelder von 7 bis 12 unterteilt war, ließ ich den 6-Punkte-Würfel fallen und subtrahierte, sobald die Scheibe stillstand, die nach oben zeigenden Punkte des Würfels von den Zahlen des Feldes. Das Resultat, vorher und je nach Befinden als Stunden-, Tages- oder Wochentermin festgelegt, markierte ich dann mit einem roten Faserstift auf dem Zifferblatt der Uhr, im Wochen- oder Monatskalender, um nur auf die Uhr oder in den Kalender schauen zu müssen und einen selbsterzeugten Trost zu empfangen, sobald es zu billig, hirnlos und gemein weiterging mit den Ereignissen der Zeit. Diese Bedeutungsspiele vor den Augen meines Vaters zu betreiben, verschaffte mir eine besondere Art der Befriedigung, da die schwarzen Zahlen und roten Markierungen vor ihm eine Realität behaupteten, von der er ausgeschlossen war. Er schaute auf die Gegenstände, die wie für eine technische Arbeit sorgfältig ausgebreitet auf dem Schreibtisch lagen, die Pappscheibe, der Würfel, der rote Faserstift, die Armbanduhr und die aufgeschlagenen Kalender, sah auf die schwarzen Zahlen und roten Markierungen wie auf ein Geheimnis und fragte, ob ich verrückt geworden sei und ob das zu meinen Lehraufgaben gehöre. Es gehört zu meinen Lebensaufgaben, sagte ich, worauf er zornig das Gesicht verzog und die Rückhand gegen mich erhob, die ich, da sie mit der Härte des Eheringes zuschlug, stärker fürchtete als die etwas weichere Vorderhand mit ihren leicht nach innen gekrümmten und fettgepolsterten Fingern. Dieses S, was soll dieses S überall im Kalender, fragte er mit schriller, eindringlicher Stimme und versuchte vergeblich, eine Verbindung zwischen den Gegenständen und dem Buchstaben herzustellen. Ich schwieg und registrierte, wie sein kriminalistischer Verstand zu arbeiten anfing, so als lägen anstelle eines Würfels, einer Pappscheibe, eines Faserschreibers und zweier aufgeschlagener Kalender Mordwaffen, Haare und Fingerabdrücke vor ihm. Unter seinen Blicken verwandelte sich mein Zimmer in ein Polizeibüro, wie zum Verhör strahlte die Schreibtischlampe mich an, ich schwieg weiter, er kombinierte und stieß an die Grenzen seiner Vorstellungswelt, da die mir mögliche Realität eine ihn ausschließende Realität war. Ich spürte einen Triumph, eine Überlegenheit, einen Sieg, fühlte, wie ich seinen Berufsehrgeiz verletzte, wie ein Zahlenspiel ihn aus der Fassung bringen konnte, wie fantasielos er war. Ich habe gefragt, was das für Eintragungen und Markierungen sind, wiederholte er mit nach wie vor erhobener Hand, ich schaute auf die von meiner Mutter in gleiche Abstände gebrachten Falten der Gardine, die ich ohne ihre Erlaubnis nicht zurückziehen durfte, Was heißt dieses S im Kalender, ich schaute auf die seitenverkehrt auf den Tisch gestellten Stühle, sah auf den bis zu den Tischbeinen aufgerollten Teppich, da Mutter entweder gerade den Fußboden gebohnert hatte oder gleich damit anfangen wollte, denn sie bohnerte täglich zwei bis drei Mal, weshalb sie auch die Stühle gleich auf dem Tisch stehen und den Teppich bis zu den Tischbeinen aufgerollt ließ – später hocke ich mit einem Spachtel in der Hand auf den Knien und kratze den mich an kranken Magensaft erinnernden, schmutzgelben Wachsbelag vom Steinfußboden –, Vater fragte wieder und wieder – das Bohnerwachs, das Mutter bevorzugte, ist ein ganz besonderes und im Handel schwer zu bekommendes Bohnerwachs gewesen, das ich ihr im Streben um Zuwendung aufwendig und ganze Nachmittage opfernd besorgte –, Wie lange soll ich denn eigentlich noch auf eine Antwort von dir warten, sagte Vater, Was denkst du dir, wer du bist. Nichts und niemand bist du. Ein verkommenes Subjekt. Du hast nichts, dir gehört nichts und du kannst nichts – FEMAX weiß, das Bohnerwachs, das meine Mutter so sehr bevorzugte, war ein Dauerglanzmittel, das nur äußerst sparsam zu verwenden gewesen wäre und weit über eine Woche hinaus wirkungsvoll das Sonnenlicht spiegeln ließ auf dem Steinfußboden, wie sie es mochte –, Schließe die Augen, fuhr Vater fort, und du siehst, was dir gehört, ich fühlte mich allein durch meine Erfindung und den Gedanken, mich jederzeit auslöschen zu können, ihm überlegen – oder sie hätte, da es ihr darum ging, mehrmals am Tage zu bohnern, ein schlichteres Bohnerwachs kaufen müssen, doch diese Beobachtung teilte ich ihr nicht mit, damit ich weiterhin die langen Wege von Drogerie zu Drogerie gehen konnte, an deren erfolgreichem Ende ihre Zuwendung stand –, bis ich schließlich, aus Angst vor der Härte des Eheringes auf der nach mir ausgestreckten Rückhand sagte, Das S steht für Schulaufgaben, aber das glaubte er nicht. Das heißt Lehraufgaben, sagte Vater, nicht Schulaufgaben, und für Lehraufgaben steht das große L überall, und ich blieb ihm im Wissen nach immer voraus, als er dann zuschlug mit der

Rückhand und mich mit der ganzen Härte des Eheringes am Finger traf. Ein feines Rinnsal Blut floß aus meiner Nase, das ich in ein Taschentuch wischte, Mutter würde es nicht sauberbekommen, dachte ich, sie würde es waschen und noch einmal waschen und nie wieder sauberbekommen, Selbstbewußtsein, das S heißt Selbstbewußtsein, und da schlug er noch einmal zu. Selbstbewußtsein, Sonderauftrag, Speisekarte, Spiegelei, Steuerkarte, stotterte ich erregt vor mich hin, Seiltanz, Segelflug, Spielnachmittag, Seitensprung, bis er mein Zimmer verließ, ohne den Fall gelöst zu haben, denn ich war nicht sein Sohn, sondern sein Fall, oder sein Sohn nur in der Weise, auch sein Fall zu sein, wie jeder, der zu ihm gehörte, ein zu ihm gehörender Fall war. Er verließ mein mir nicht gehörendes Zimmer, und ich schaute auf die rote Markierung des Zifferblattes meiner Uhr. An meinem siebzehnten Geburtstag nahm ich mir noch drei Jahre zu leben vor, auf dem Tisch der lieblose Fünfzigmarkschein meiner Eltern und ein durchgezottelter, halbverblühter Blumenstrauß, die beachtliche Zahl Zwanzig, sagte ich mir, mußt du noch irgendwie erreichen, an dreißig oder gar vierzig Jahre Leben konnte ich nicht denken, das war zu absurd, zu lange hin, einfach nicht vorstellbar, aber die Zwanzig, die möchtest du schaffen. Warum und für wen und weshalb sollte man so viele Jahre länger über den zwanzigsten Geburtstag hinaus anwesend sein, fragte ich mich, wo doch bereits mit dem siebzehnten Geburtstag schon vollkommen klar ist, was jetzt unaufhörlich jeden Tag mit einem passiert und daß es das mit dem Erwachsenwerden beginnende eigentliche Leben nicht gibt. Noch mit vierzehn glaubte ich an ein später beginnendes, eigentliches Leben, ohne von dieser Eigentlichkeit eine besondere Vorstellung zu haben, die mir auch die Lektüre, die ich bald zu lesen begann, nicht verschaffte. Mit siebzehn erwartete ich nichts mehr, und ich habe es nur als eine Art von Würde und Anständigkeit empfunden, noch einen runden Geburtstag abzuwarten und zu erreichen, auch wenn der auserwählte zwanzigste Geburtstag eine freilich als Schwäche auszulegende Vorverlegung des Sterbetermines war. Ich las in den Todesannoncen und hatte mir einzugestehen, daß ich selbst dann, wenn ich noch drei Jahre weitermachen und alles ertragen würde, weit unter dem Durchschnitt des Sterbens lag, und ich fühlte mich wie ein zur Langstrecke verurteilter Läufer, der auch nicht einmal die Hälfte seines Weges erreichen würde und aufgibt. Nicht ohne Neid sah ich auf die Lebensdaten der anderen und bewunderte deren Ausdauer und Kraft, so viele Jahre das trostlose Gesetz der Wiederholung ertragen zu haben, die es, so sagte ich mir, wohl nur deshalb ertrugen, da sie es nicht zu durchschauen vermochten. Dann wieder dachte ich, daß es doch einerlei ist, ob man den Zustand des Todes im Leben erträgt oder das Leben dem Zustand des Todes übergibt, denn allein ist man immer.

10

... nun aber, es war purer Zufall, ich suchte im Geräteschuppen der Laube nach Werkzeug, um das Fahrrad meines Sohnes zu reparieren, nun entdeckte ich diese durch Nässe halb verschimmelte Pappschachtel, deren Deckel offen und etwas verrutscht war und den Inhalt zu erkennen gab, hob sie zwischen den Brettern hervor, und das erste, was mir entgegenfiel, war jene Fotografie: Großvater in der Mitte seiner jungen, blonden Familie unter dem Christbaum, stolze Geste, Modebart, in Uniform, herausgeputzte, zum siegreichen Vater emporschauende Söhne, und auf der Rückseite die Notiz: »Für Führer, Volk und Vaterland – Weihnachten 1941«. Alles, aber auch alles Lüge, dachte ich, nicht nur die zur *Familienchronik* gewordene Geschichte der Ehe war bloße Erfindung, sondern auch die gesamte Biografie war eine zur Wahrheit ernannte Wunschbiografie und bloße Erfindung, deren trauriger Schatten auf sieben mal zehn Zentimetern zu sehen war. Wie habe ich ihn mir, angespannt seinen Erzählungen lauschend, vorgestellt, als ich Kind war, welche Bilder von einem Widerstandskämpfer hatte ich, und warum er im Krieg war, nun, *man mußte,* man hatte Familie und *mußte,* um sie zu schützen, auch dies war verständlich, dann Desertation und frühzeitige Kriegsgefangenschaft als Form der Verweigerung, dann Heimkehr und Wiederaufbau, Parteiarbeit, ein ungebrochener Marxist. Aber jetzt dieses Foto: da steht ein gesunder, junger Soldat in der Bewußtseinspose, zu den Siegern des Krieges und der Geschichte zu gehören. Alles auf diesem Bildnis deutet auf Anerkennung der Situation hin, nichts auf diesem Bildnis deutet auf aktive oder passive Verweigerung hin, alle Wahrheit gehören dem Führer, dem Volk und dem Vaterland, keine Wahrheit gehört dem Widerstand, alles Lüge, alles Erfindung, ich halte das Foto in der Hand und zweifle, daß mein Großvater überhaupt existiert, daß er leibhaftig unter Leibhaftigen ist. Er ist so sehr zu seiner Erfindung geworden, daß es ihn selbst nicht mehr gibt, dachte ich, nicht ohne Selbstgefälligkeit haben sie alle die kollektive Erfahrung des Siegens zu ihren persönlichen Siegen gemacht, sie haben ihre blinde Gefolgschaft mit dem tragischen Gesetz des Ausgeliefertseins erklärt und insgeheim oder gar nicht insgeheim davon profitiert, einer Gefolgschaft anzugehören, die Stärke, Erfolge und Siege feiert, um sich von dem Moment an, wo die Stärke eine gebrochene Stärke und die Erfolge und Siege Niederlagen wurden, von dieser Gefolgschaft zu lösen und die Zugehörigkeit zu unterbrechen und die Biografie zu erfinden, die die Spuren dieser Gefolgschaft und Zugehörigkeit auslöschen sollte. Und vielleicht hat sich die ganze Generation meines Großvaters oder doch ein großer Teil dieser Generation dadurch, daß sie sich *erfand*, abwesend gemacht, vielleicht waren sie in Wahrheit alle Gefallene des Krieges, die gestorben weiterzuleben hatten bis zum Tod und unterwegs alle Ämter und alle Funktionen übernahmen, um sich selbst und ihre Abwesenheit zu vergessen. Aber nicht einmal diese innere Tragödie war es, die mir meinen Großvater endgültig nahm, es war der *Umgang* mit ihr, und zu diesem *Umgang* gehörte schließlich nicht nur das Vergessen und Verleugnen von Tatsachen und das Erfinden von anderen Tatsachen, sondern zu diesem *Umgang* gehörte vor allem die bedingungslose und entschiedene Zerstörung all dessen und all derer, die die erfundenen Tatsachen nicht übernahmen und das paranoische Bewußtsein aufzubrechen begannen. So mußte Großvaters Denken ein totalitäres Denken bleiben und ein Verhaftetsein an eine Autorität verkörpernde Ideologie, so daß ich mich hätte auslöschen müssen, wollte ich ihn weiterhin, in dessen Denken ich bereits ausgelöscht war, tolerieren, und ich hielt noch immer dieses Foto zwischen den Fingern, dieses kleine, zu zerfallen bereite und von der Zeit beschädigte Indiz, ein Stück belichtetes Papier, das auf unachtsame Weise verlegt oder willentlich versteckt und dann vergessen worden war. Diese kleine, verschimmelte Pappschachtel zwischen dem Gerümpel des Schuppens, in der bedeutungslose Postkarten und kaum mehr lesbare Briefe lagen, deren mit Tinte geschriebene Zeilen von der Feuchtigkeit verwischt waren, die verschiedenen Zeiten zuzuordnenden Abzeichen und einst im ganzen Ehrgeiz entgegengenommenen und heute verrotteten Urkunden, die Wimpel, Spangen und Nadeln, die er einst bekam und die einen Sinn ausdrücken sollten und einen Sinn ergaben, solange er sie sich stolz ins Knopfloch gesteckt hatte oder auf dem Schulterstück trug, und schließlich die obenauf liegende Fotografie, die mir als erstes in die Hände fiel: dies alles war ebenso Gerümpel wie das Gerümpel ringsum, zugleich aber war es der einzige Zugang zur Wahrheit und das fahrlässig vergessene Zeichen, das ein ganzes System von Zeichen zusammenbrechen ließ durch die nüchterne Unschuld des Vorhandenseins. In jedem System, das wir erfinden, gehen ein paar Zeichen verloren, dachte ich, sie sinken hinab auf den Grund des Systems und werden vergessen, bis sie auf einmal, durch einen Zufall oder eine Unachtsamkeit oder eine Bewegung, die in das System geraten ist, auf der Oberfläche liegen, sichtbar und unabweislich, und alles stürzt wie von einer plötzlichen Krankheit befallen zusammen. Ein Foto oder ein Brief, aber auch nur die Ecke von einem Foto oder der Anfang von einem Brief genügen, uns schuldig zu sprechen und uns in unserer Lüge zu zeigen, und so sehr wir auch bemüht sind, alle Zeichen unserer Existenz in das System unseres Denkens zu bringen, um sie für eine Erfindung von Wahrheit der Wahrheit zu entreißen, so sehr auch bleiben wir verfolgt von einem Schatten, der größer ist als das System unseres Denkens und der das Negativ unserer Existenz ist und in dessen Winkeln, Tiefen und Verborgenheiten die verlorenen, ins Vergessen gesunkenen Zeichen die Zeit ihres Wiederauftauchens beschwören. Wie ein verlorener Mantelknopf den Täter überführt, die nichtbeachtete Zigarettenasche den geleugneten Besucher verrät oder das fremde Haar auf dem Laken des Bettes den Treueschwur bricht, so lag dieses Foto nun in meinen Händen, und ich war fest entschlossen, es zu erklären und zu beschreiben. In der Beschreibung der Fotografie wollte ich eine Antwort geben auf das, was Großvater verschwieg und mit Erfindungen ersetzte, ich wollte die durch die Fotografie angedeuteten Linien verlängern und die Möglichkeiten durchdenken, die es nun, durch das Vorhandensein der Fotografie, gab und die es nach Großvaters Behauptungen nicht gab. Großvaters Wahrheitssystem stürzte, da es die Existenz einer solchen Fotografie ausgeschlossen hatte, kümmerlich zusammen, während ich die Varianten probierte, die in Erweiterung des Bildes möglich geworden waren und die, da sie den offenbar richtigen Ausgangspunkt hatten, nur zu den Tatsachen hinführen konnten und nicht von ihnen weg. Ich hatte nur in die andere Richtung zu denken und die Erzählungen, Behauptungen und Aussagen meines Großvaters umzukehren und sie zu verstehen als das, was sie waren: eine spiegelbildliche Projektion. Selbst wenn ich die bruchstückhaften Kenntnisse, Argumente und Bilder in den Zusammenhang einer Kontinuität übertrug, den ich meinerseits zu erfinden hatte, denn Fotografien bringen in Wirklichkeit nur Unverständnis und Verwirrung hervor, da sie den Zusammenhang der dargestellten Objekte zu den verschwiegenen, neben dem abgebildeten Motiv vorkommenden Objekten unterbrechen, so war dieser *erfundene Zusammenhang* doch mit den Erfindungen meines Großvaters nicht zu vergleichen gewesen, denn es war ein erfundener Zusammenhang in der *einzig möglichen Richtung.* Die Beschreibung der Fotografie konnte sich also, da es die Fotografie ja tatsächlich gab und ich sie in meinen Händen und später vor mir auf dem Schreibtisch liegen hatte, als ich den Text DIE BESCHREIBUNG EINER FOTOGRAFIE schrieb, der Wahrheit nur entgegenbewegen, selbst dann, wenn sie mögliche Variante, Erfindung und Vorstellung war (denn, so habe ich DIE BESCHREIBUNG EINER FOTOGRAFIE begonnen, ... denn ich weiß nicht, warum, aber die Frau schaute mich an, als sie sagte, Das haben Deutsche zerstört, sie schaute mich an, bis ich den Blick löste, den Kopf langsam zu Boden senkte, als ob ich etwas verloren hätte, einen Gegenstand, der in Wirklichkeit eine Antwort war), sie konnte, da sie sich von den Aussagen meines Großvaters abgewandt hatte und einen Zusammenhang herstellte in der genau entgegengesetzten Richtung, das Ziel, die Wiederherstellung der Wirklichkeit, wenigstens in Annäherung erreichen, während Großvater, da er das Vorhandensein dieser Fotografie aus seinem Denken verbannte, immer nur Ersatzwirklichkeiten erschuf, alles, was er sprach, gehörte dem System einer Ersatzwirklichkeit an und war, auch wenn es im einzelnen wahr gewesen ist, entschieden gelogen. Denn der *Ausgangspunkt* allen Denkens und Erzählens war die *Erfindung,* während ich in der BESCHREIBUNG EINER FOTOGRAFIE lediglich Teile als *mögliche Teile* erfand, indessen den richtigen Ausgangspunkt besaß. Genau das aber war es, was Großvaters paranoisches Bewußtsein von Wahrheit störte und gar aufzubrechen begann und gegen das er, als er DIE BESCHREIBUNG EINER FOTOGRAFIE zufällig zu lesen bekam, einen ganzen Apparat in Bewegung setzte, um die Beschreibung der Fotografie zu bestrafen und zu vernichten. Aber nicht eigentlich um die Beschreibung der Fotografie ging es ihm, sondern um den richtigen Ausgangspunkt in ihr, um das *Vorhandensein* der Fotografie, die *Fotografie* wollte er bestrafen und vernichten, denn sie war das verlorene und nun wiedergefundene Zeichen, das das ganze System seines Denkens zusammenbrechen ließ und den Tausch der Tatsachen rückgängig machte. Er erkundigte sich bei Gericht über die Möglichkeiten einer Klage und schrieb lange, ultimative Briefe an die Familie, in denen er die grundsätzliche Zugehörigkeitsfrage stellte und jeden einzelnen in die schwierige Lage brachte, sich für *ihn* oder für *mich* entscheiden zu sollen, was zugleich eine Entscheidung *für* oder *gegen* DIE BESCHREIBUNG EINER FOTOGRAFIE war, um schließlich damit die Familie gebrochen zu haben. Und in all seinen Briefen und Anwürfen ist immer wieder das Wort *Ehrabschneidung* gefallen, wegen *Ehrabschneidung* wollte er mich verklagen und wegen *Ehrabschneidung* belangte er die Redaktion, die meine BESCHREIBUNG EINER FOTOGRAFIE abgedruckt hatte. Wegen *Ehrabschneidung* forderte er die Genugtuung ein, mich aus der Familie fernerhin auszuschließen, und wegen *Ehrabschneidung* war er gekränkt. In seinen Argumenten aber konnte er immer nur darauf verweisen, daß der einzelne Zusammenhang ein erfundener Zusammenhang war, nicht aber, daß der einzelne erfundene Zusammenhang in eine Richtung verläuft, die ihn tatsächlich diffamierte, wofür die Existenz der Fotografie untrüglich einstand. Selbst wenn er das auf ihr vorhandene Motiv in seiner erfundenen Verlängerung als bloße Unterstellung abgetan hätte, so wäre die freimütig hingeschriebene und von niemanden verlangte Notiz, »Für Führer, Volk und Vaterland – Weihnachten 1941«, der letzte nötige Verweis darauf gewesen, daß die erfundenen Zusammenhänge *mögliche* Zusammenhänge waren und somit der Wahrheit näher als alles, was er zur Wahrheit erhob. Es war ein hoffnungsloser, von vornherein verlorener Kampf, den Großvater führte und für den ich und meine BESCHREIBUNG EINER FOTOGRAFIE nur die Projektionsfläche darstellte, denn das Zeichen, das ihn so sehr entblößte, gehörte nicht zu meiner, sondern zu seiner Existenz, es war aus seinem Denksystem verbannt und herausgefallen und verschwunden und nun wieder zum Vorschein gekommen. Selbst wenn er es erreicht hätte, die Beschreibung der Fotografie zu zerstören, er hätte doch die Fotografie selbst nicht zerstört, seine wutschäumenden Verteidigungstiraden waren lächerlich und primitiv wie es der Steinwurf in den Spiegel von einem ist, der sein Gesicht nicht erträgt, und so war kein Gericht und keine Instanz und nicht einmal seine Parteizentrale imstande gewesen, ihm zu helfen, obwohl sie alle Einrichtungen des gleichen paranoischen Denkens waren und nach der gleichen Mechanik funktionierten, nach der auch Großvater seine Gedanken- und Handlungsabläufe regelte. Sie konnten, auch wenn sie es wollten, nichts für ihn tun, wodurch Großvater sich von allen im Stich gelassen fühlte und plötzlich zu begreifen hatte, daß er ganz und gar schutzlos war. Diesen Instanzen, von denen er jetzt Hilfe erwartete, hatte er gedient, nach ihrer Struktur war er geformt und in ihren Kategorien hatte er gedacht und existiert, und jetzt waren sie zu seiner ganzen Erschütterung außerstande, ihm seinen Wirklichkeitsersatz zu beschützen. Sie waren selbst, was Großvater zu dieser Zeit nicht begriff, in Gefahr, durch dem Denksystem abhandengekommene Zeichen entblößt zu werden, sobald eine Bewegung in das System geraten würde, sie hatten bald schon einen ganzen Apparat damit beschäftigt, dies zu verhindern und den ideologisierten Wirklichkeitsersatz zu beschützen, was im Sprachgebrauch »Schutz der sozialistischen Errungenschaften« hieß, tagein und tagaus hatten sie damit zu tun, die aus dem System des Denkens herausgefallenen Zeichen in den Tiefen und Dunkelheiten der Geschichte zu lassen. Bald schon waren sie vollkommen gelähmt und handlungsunfähig geworden und nur noch darauf bedacht, das System des paranoischen Denkens zu erhalten, das zu erhalten um so schwieriger war, je totalitärer der Machtanspruch wurde und je mehr Zeichen verbannt werden mußten. So waren sie alle nur noch in der Angst, von den selbstgeschaffenen Zeichen entblößt zu werden. Schließlich sahen sie in einem ganzen Volk den Winkeln und Niederungen der Geschichte entstiegene Zeichen, die es zu unterdrücken und zu verbieten und zu verhindern galt, ja sie selbst waren sich zugleich ein verlorenes und plötzlich erhelltes Zeichen geworden, sie beschatteten und belauerten und mißtrauten sich selbst, sie hatten einen Apparat entwickelt, der schon lange über sie herrschte und ihnen sagte, daß sie sich selber entblößen, daß sie im Dienst stehen, um das paranoische System des Denkens zu erhalten, und daß sie diesen Dienst in vollkommener Entblößung verrichten. Der arrogant als Revolution vermerkte Herbst 89 ist nichts als der unvermeidliche Steinschlag in den Spiegel gewesen, und die berühmt gewordene Straße sammelte jene, die diese Situation nicht mehr ertrugen und lieber feindliches Volk wurden, als in der immer enger werdenden Sprache der Macht qualvoll zu sterben, sie führten, wie mein Großvater auch, einen hoffnungslosen und von vornherein verlorenen Kampf. In einer Ausstellung über Arbeitsweisen und Methoden der Staatssicherheit sah ich die ganze Hoffnungslosigkeit und Verlorenheit dieses Kampfes. Ich erinnere mich an eine Fotografie, auf der eine Abrißmauer zu sehen war, die mit weißer Farbe jedoch fast unleserlich beschrieben worden ist. Daneben war ein von einem Beamten angefertigtes Protokoll ausgestellt, das fünf Seiten umfaßte und Auskunft gab über Schriftart, Größe der Buchstaben, Art der Farbe und Wahrscheinlichkeit des Inhalts, der mit »So zerstört wie diese Wand ist das ganze Zonenland« vermutet wurde. Das beschäftigte nun über Stunden, Tage und Wochen einen ganzen Apparat, dachte ich, ein solches belangloses und der Aussage nach zudem allen bekanntes Zeichen versetzte einen Apparat derart in Erregung, daß er alle seine Instrumente anwendet, um dieses Zeichen auszulöschen, und die Erregung, die entstanden war, war eigentlich die Entblößung. Aber alles dies konnte Großvater nicht vorausdenken, er konnte nicht einmal seine Schutzlosigkeit verstehen und einsehen, daß ihn seine Freunde, Genossen und Gefährten nicht alleingelassen hatten, sondern daß sie ohnmächtig waren wie er und daß sie in seiner Niederlage die Vorwegnahme der ihren entdeckten, im einzelnen und im allgemeinen. Ich habe in seinem Brief, den er mir geschrieben hatte, nur das Wort *Ehrabschneidung* gelesen, um den Brief sofort aus der Hand zu legen und mich damit nicht mehr zu beschäftigen, denn in diesem Wort war aller Sinn des Briefes enthalten, es drückte die ganze erlittene Beschädigung des Denksystems aus und verband sie mit einem moralischen Anspruch, der auf nichts gestellt war, und schließlich verkörperte dieses Wort einen Geist, durch den DIE BESCHREIBUNG EINER FOTOGRAFIE zusätzlich ins Recht gesetzt wurde. Und es war nicht einmal das mich zu dieser Zeit kaum noch überraschende Wort *Ehrabschneidung*, und es waren nicht die Anwürfe und Beschuldigungen gegen mich, die lediglich Agoniereflexe waren, es war der Großvater unterlaufene Zynismus gewesen, mit dem er sich in seinem bornierten Gefühl von *Ehrabschneidung*, das die letzte Zuflucht eines jämmerlich zusammenbrechenden Wahnsystems war, über den Verlauf der Geschichte und die Erfahrung der Menschheit erhob, den ich zutiefst verachtete und niederträchtig fand. Nicht nur, daß Großvaters Existenz in der zähen Behauptung einer Erfindung bestand und eine verlogene Existenz war, die sich mit einem Staat und einer Macht verbündete und für sie engagierte, die selbst nichts anderes als eine Erfindung und zähe Behauptung dieser Erfindung war. Nicht nur, daß er mit seiner Existenz jene erniedrigte, die mit ihren Fotografien zumindest lebten und in ihnen eine Mahnung entdeckten, die ihm nie eine Mahnung sein konnte, er lief auch noch aufgescheucht über den Vordergrund der Historie und bemühte die Leute in den Institutionen für ein nicht vorhandenes Recht. Er hatte auch nicht die Spur von Respekt vor der Tiefe und Weite der Geschichte als einer allgemeinen Angelegenheit und als einem allgemeinen Leidensbericht, denn Großvater beanspruchte, daß es einzig und allein *um ihn* ginge. Großvater konnte vor lauter blinder Kränkung nicht sehen, daß es in der BESCHREIBUNG EINER FOTOGRAFIE nicht um seine Person, sondern um eine *historische Tatsache* ging, für die er einstand, ganz abgesehen davon, daß Großvater nicht einmal als Person angesprochen war; es handelte sich um eine *Figur*, die die Wege seiner Person, die nach der

Entdeckung der Fotografie *mögliche Wege* waren, nachging. Großvater aber hat sich derart entblößt gefühlt, daß er den Sinn des Textes nicht wahrnehmen konnte. Sein Entblößungserlebnis war von einer Größe, das es den Zynismus hervorgebracht hat, sich wichtiger zu nehmen, als eine allgemeine Angelegenheit es ist und als alle Menschen der Geschichte es sind. Er hätte in der BESCHREIBUNG EINER FOTOGRAFIE die *allgemeine Angelegenheit* lesen müssen, er hätte lesen müssen, daß er einen Zusammenhang herstellt, dessen Gewicht seine Einzelheit verschweigt, er hätte in Betroffenheit und Schweigen stürzen müssen. Großvater aber verhöhnte den Zusammenhang, der ein allgemeiner und geschichtlicher Zusammenhang war, indem er sich erhöhte und von oben auf ihn herabsah, und das habe ich als erbärmlich empfunden. So habe ich in diesem Brief an mich nur das Wort *Ehrabschneidung* gelesen, und in diesem einen Wort war für mich alle Borniertheit und aller Zynismus enthalten, in ihm war die braune Unterwäsche enthalten, auf der die rote Kleidung getragen wurde, und in ihm war die Mauer als »Antiimperialistischer Schutzwall« ebenso enthalten wie die Mauer, die die tatsächliche von der erfundenen Wahrheit trennte und die errichtet worden war, um die erfundene Wahrheit zu beschützen, nach innen und außen. In diesem Land, dachte ich, konnte sich jeder seine Unschuld erkaufen, wenn er nur sein Bewußtsein der ideologischen Ordnung überließ, in ihm konnte sich jeder, wenn er sich nur an die sprachliche Verabredung hielt, fast über Nacht in einen Widerstandskämpfer und Antifaschisten verwandeln, der die Fotografien seiner Vergangenheit in den dunklen Winkeln der Geschichte gelassen hat und für den es fortan ein Lebenswerk war, sich durch verlorengegangene Zeichen nicht entblößen zu lassen. Dieses Land, empfand ich, ist geradezu überfüllt von Widerstandskämpfern und Antifaschisten, so daß niemandem eigentlich noch klar sein durfte, wie die Ereignisse so ihren Lauf nehmen konnten. Und Großvater, sagte ich mir, steht in der Tradition dieses arroganten Systems, er ist lediglich und zum zweiten Mal ein Repräsentant, und er wird nie etwas anderes sein, so wie die meisten Menschen nichts anderes sind als Repräsentanten der gerade gültigen Verhältnisse. Doch wäre Großvater lediglich ein *Repräsentant* gewesen, so bedeutungslos wie die meisten, die sich aus anerzogenem Gehorsam in jedes Sklavenboot setzen und rudern, dann hätte er vielleicht gerade noch mein Mitleid gehabt, Großvater aber war ein Vertreter der *Aufseherschaft,* er kommandierte den Takt, er war in diesem System *aktiv* und bereit, es erbarmungslos zu verteidigen und nichts daneben gelten zu lassen und auszulöschen, was nicht ganz und gar in ihm aufging, er war einer von jenen Inhabern der Allmacht, die den Weizen schieden von der Spreu, wie es mein nazierzogener Lehrer immer wieder sagte und in mir die *auszulöschende* Spreu sah. Großvater hätte nie, dachte ich, jene Toleranz aufgebracht, die ich für ihn aufgebracht hatte, als er in diesen verwirrten Lebenszuständen war, die ich für Offenbarungen hielt, während alle in der Familie von Verirrungen sprachen, er hätte mich entschiedener noch verurteilt, wußte ich, als er selbst verurteilt worden war, und er wäre vor Gericht gegangen und hätte Klage erhoben und die äußerste Strafe verlangt, wenn es ein Gericht oder eine Instanz gegeben hätte, die in der BESCHREIBUNG EINER FOTOGRAFIE die Klage auf *Ehrabschneidung* hätte anerkennen können. Er hat immer schon einer Macht angehört, die mich und uns ausgeschlossen hat und die mich und uns weghaben wollte, und Großvater und diese Macht zu akzeptieren, hätte nur heißen können, sich selbst zu vernichten und hinzurichten und die Richtung zu wechseln. Großvater war für mich endgültig verloren, er war für mich verloren, weil sich seine Existenz als eine von Grund auf verlogene Existenz zeigte, und er war für mich verloren, weil seine verlogene Existenz einer Vernichtungsinstanz angeschlossen war, die alles zerstörte, was ihr auch nur ansatzweise widersprach. Und dieses Wahngebäude ist so fest, dachte ich, daß es keine Korrektur und kein Gespräch mehr zuläßt, so daß jede versuchte Korrektur und jedes versuchte Gespräch, das nur in der Grammatik der Macht hätte durchgeführt werden können, schon eine Verführung gewesen wäre, im Wahngebäude sich zu verlieren. Man redet ihre Sprache und hat verloren, man kritisiert sie in ihrer Sprache, damit sie es verstehen, und hat das Kritisierte zur eigenen Sache gemacht, und dann sitzt man an ihrer Tafel und hat verloren, während sie auf verwerflichste Weise ihre Großzügigkeit und Kritikfreudigkeit feiern, man hat verloren und nimmt geschlagen ihre Auszeichnungen an und tröstet sich mit Geschenken und gibt vor, alles sei List gewesen und eine Unterminierung auf besondere Art, um sich für den grellen Augenblick der Lüge von stummen, allesglaubenden Menschen auch noch als heldenhaft loben zu lassen, aber man hat verloren, versagt und verraten, ganz so wie Großvater. – Und jetzt, ausgerechnet jetzt und einige Jahre danach, wo der Zusammenbruch der erfundenen Wahrheit nicht mehr nur meinen Großvater betraf, sondern eine ganze Gesellschaft, jetzt sollte ich mich für die ausgebreitet auf dem Tisch meines Vaters liegenden Briefe interessieren, die Großvater in allergrößter Verzweiflung geschrieben hatte und die nur vom Sterbenwollen handelten..., nur weil die innerlich zerbrochene und äußerlich Intaktheit vortäuschende Familie entschlossen war, die angeheiratete *Unternehmerwitwe* ebenso zu akzeptieren wie das versponnene Stück *Familienchronik*..., denn die *Familie* konnte eine Familie nur durch eine eingehaltene Schweigensverabredung bleiben, sie konnte ihren Sinn, Schutz und Geborgenheit zu bieten, nur dadurch bewahren, daß sie eine Verbundenheit herstellte, auch wenn es eine ganz und gar erfundene und inszenierte Verbundenheit bedeutete, denn jeder war schwach und bedürftig und hatte sie nötig und suchte Schutz und verlangte Geborgenheit und schwieg . . . , und was, dachte ich, ist der Erhalt der Gesellschaft anderes als eine eingehaltene Schweigensverabredung, es ist, dachte ich, eine Schutzlosigkeit über die Menschen gekommen, und sie werden eine Verbundenheit suchen und schweigen, das Land wird in ein tiefes, endloses Schweigen versinken und schön sein . . . , und meine BESCHREIBUNG EINER FOTOGRAFIE wäre ebenso vorzeitig vergessen gewesen wie die Existenz der Fotografie, und ich wäre selbstvergessen und abwesend gewesen, hätte ich tatsächlich diese Briefe noch einmal in die Hand genommen und gelesen und mich in deren Realität hineinbegeben, die durch meine bloße Auseinandersetzung noch einmal Realität geworden wäre . . . Ich aber wollte diese Realität als beendet wissen, sie hatte sich zu lange behauptet und sie hatte zu viel zerstört, und ich wäre abgebracht worden von meinem Weg in die andere Richtung, den ich lange schon gegangen war und auf dem ich lange schon fortgegangen war, nie hat aber auch nur einer meiner Familie eine Ahnung davon gehabt, in welchen Einsamkeiten und in welchem Alleinsein ich war, wenn ich an der rotbeleuchteten Aufschrift »Der Sozialismus siegt« vorbei in die Lehranstalt lief . . . , und ausgerechnet *ich* sollte *jetzt* die an meinen Vater geschriebenen Briefe lesen, ich sollte, damit die *Familie* Familie bleiben kann, mich dem Verbundenheitsritual ergeben und Großvaters Niedergang bedauern, um gleichzeitig den Niedergang des Systems zu bedauern und mich selbst hinzurichten und DIE BESCHREIBUNG EINER FOTOGRAFIE vergessen sein zu lassen und die ganze Lüge und die ganze Erniedrigung vergessen sein zu lassen, ich sollte vergessen, wie aus aufrichtigen Menschen gebrochene Existenzen gemacht worden sind und wie auch ich eine gebrochene Existenz hätte werden können, ich sollte die Zeichen der Entblößung zurücksinken lassen ins Dunkel der Vergangenheit und an der niederträchtigen Trauer teilnehmen, die über jene gekommen war, die sich plötzlich betrogen fühlten und verraten und selbst nichts anderes taten, als zu betrügen und zu verraten, ich sollte als Komplize auftreten und Mitgefühl empfinden und Toleranz üben, die ich selbst nie kennengelernt hatte..., dies alles sollte ich tun, nur damit die *Familie* Familie bleiben würde. Ich sah, wieviel erneute Lüge ein jeder auf sich zu laden bereit war, nur damit ein kleines, abgestandenes und nicht mehr zu rettendes System erhalten bleiben kann, es war soviel Unfähigkeit zu sterben dabei, um tatsächlich noch einmal geboren zu werden, es war soviel noch atmender Tod, daß mir ganz übel geworden war und daß ich mich hätte übergeben wollen auf die vor mir liegenden und in ihrer Hilflosigkeit jämmerlichen Briefe, die ein Gestorbener an Gestorbene schrieb. Vater wußte, warum er das Zimmer verlassen hatte und wegging. Wäre er neben mir sitzen geblieben, hätte er erleben müssen, daß mich nichts, aber auch gar nichts an Großvaters Briefen mehr interessierte, er hätte erleben müssen, daß etwas für ihn Entscheidendes zu Ende war, so aber konnte er sich in die Vorstellung flüchten, daß ich *selbstverständlich* die Zeilen lese und alles entschuldige und alles vergesse, und es war offensichtlich, daß diese Briefe Großvaters letzte waren, es war offensichtlich, daß Großvater sterben würde in allernächster Zeit, und ich werde, dachte ich, nicht nur keine Zeile dieser Briefe mehr lesen, ich werde nicht einmal zu Großvaters Beerdigung gehen, um meinem Vater die Hand zu halten und nichts zu empfinden und mich würdelos und verlogen zu fühlen. Ich werde nicht hingehen, sagte ich mir, denn beerdigt waren wir vor ihnen schon.

11

. . ., vielleicht, vielleicht aber auch ein Hase, eine Katze oder ein Hase, schwer voneinander zu unterscheiden in diesem breitzerquetschten Zustand, obwohl, ich muß gestehen, so sicher wie die Worte »Hase« und »Katze« kann ich die Tiere bei auch nur geringer Entfernung nicht unterscheiden, und erst recht nicht so schnell, es gibt so viele des Merkens werte Namen, da sind die schönen Worte »Ulme«, »Linde« und »Buche« zum Beispiel, gut geeignet für ein Gedicht, das von Landschaften handelt, oder von einer jungen, stolzen Liebe, die unter einer Ulme, Linde oder Buche beginnt und das Wort »Glück« sich erfindet, »Ulme«, »Linde«, »Buche«, »Liebe«, »Glück«, so reich, so bunt ist unsere Sprache, und es ist, denke ich, nicht sehr schlimm, wenn einer nicht weiß, wie eine Ulme und wie eine Linde und wie eine Buche aussieht, wo und wann eine Liebe beginnt oder was nun das Glück ist, um schließlich »Ulme« zu sprechen und »Linde« zu meinen, oder du redest dir ein vermeintliches Glück ein und beginnst das Gedicht einer jungen, stolzen Liebe, das wie ein Landschaftsgedicht anfängt, eine kleine, menschliche Geste erfährt, eine Begegnung, Berührung . . . Die Liebe ist auch nur sprachliche Verwirrung, ein kompliziertes Mysterium, das die einander ausschließendsten Impulse vereint, »Liebe«, wir kennen das Wort, wir kennen es, wie viele Stürze bis auf den schalen Grund dieses Wortes haben wir erlebt, wieviel Erwartung und Betrug hat es gebracht, wieviel Sehnsucht hält es gnadenlos umschlossen und wieviel Enttäuschung handelt es sich ein, diese euphorischste aller Vermeintlichkeiten, die einen bis auf Widerruf alterslos macht, wie ein englischer Romantiker meint, Shelley oder Coleridge, ich weiß nicht, all diese Namen und all diese Worte und Abwesenheiten in der Sprache zugleich, gute, gebrauchsgerechte Namen und Worte, sicher und schnell zu unterscheiden, »Ulme« und »Linde« zum Beispiel sind einfach sicher und schnell zu unterscheiden, aber die zu treffende Unterscheidung einer Ulme von einer Linde am Straßenrand fällt schwer, sehr schwer, sehr zeitaufwendig das Ganze, sehr unsicher das Resultat, oder man rät blindlings draufzu, rätselt und rät, schließt die Augen und zeigt mit dem ausgestreckten Zeigefinger der rechten Hand auf die Ulme oder Linde und sagt spontan eines der beiden Worte, das vollkommen gleichgültig verklingt, während die Liebenden darunter liegen und von Mund zu Mund das Glück sich schenken, aber zu den Worten »Hase« und »Katze« zurück. Nein, ich wollte es nicht tun, sah dieses breitzerquetschte Tier auf der Fahrbahn und wollte tatsächlich nicht, daß meine Reifen es noch einmal verwüsten, all dieses Blut, dieser platte, zerrissene Körper, dessen Eingeweide, eine Schmierspur in Fahrtrichtung, aufs Pflaster gepreßt waren und in kleinen, dreckigen Teilen sich ins Reifenprofil aller Autos drückten. Allein diese Vorstellung war mir wie Blut an den Sohlen, aber alles ging schnell, sehr schnell, und auch dieser Ekel dauerte nur den Bruchteil einer Sekunde, so daß er nicht einmal mein Bewußtsein erreichte, und auch die Worte »Hase« oder »Katze« werde ich erst später gedacht haben können, denn die Geschwindigkeit, mit der wir uns bewegen, ist zu groß, die Situationen vergehen zu schnell, als daß Gedanken sie erfassen könnten, so daß ein instinktiver Reflex alles ist. Aber nicht nur greller, plötzlicher Ekel blieb, sondern die kurze, günstige Empfindung, das Wesen nicht nur als Wort von einem Wesen zu verstehen, indes, wenngleich geschunden und gestorben, als tatsächlich zu erleben, dieser klare, saubere Rest in der Mitte des beschädigten Herzens war es, der mir ein Ausweichenwollen diktierte, eine kleine Bewegung am

Lenkrad, durch die der Fleischdreck vom Fahrzeug unberührt überfahren worden wäre. Aber ich sagte schon, daß dies alles um ein Tausendfaches schneller gegangen war, als ich es hier nacherzählen kann, um den laufenden Ereignissen wieder einmal hoffnungslos langsam nachzuhinken und in Kürze schon gänzlich getrennt von ihnen zu sein und nur noch in Vergangenheitsformen zu leben, die wie ein versunkenes Schattenreich sind und den dynamischen jungen Männern, wie sie allerorts gesucht und gebraucht und gezüchtet werden, folglich ein Grab. Eben noch hörte ich auf die Stimme des Nachrichtensprechers, die neue Herbstmode des Herrn L. war da, von vielen erwartet und mit Blumen, Hüftschwung und in die Luft geblasenen Küssen begrüßt, DEMO-CHIC 90, dem auf der Straße statthabenden Anlaß angemessen allgemein sportlich, spottbillig und warm, da wird ein Handkantenschlag in die Gegend von Nacken und Niere durch einen Doppelstoffschnitt mit dreifach wattierter Füllung in erwähnter Region fast zur Versöhnung und zum zärtlichen Austausch der Meinungen, DEMO-CHIC 90, in Leipzig zum ersten Mal gezeigt, wo sonst, wird der revolutionserfahrene Leser jetzt meinen, und er hat recht, so er ein Leipziger ist, die Früchte des Aufbegehrens in der Form eines praktischen Zuschnitts zu ernten kommt als ersten nur einem Heimischen zu. Aber auch hier diese Verzögerung, dieses erbarmungslose Hinterher und Zuspät, denn das alte Jahr trieb die Leute draußen zusammen, und erst das neue Jahr liefert ihnen die passende Kleidung ins Haus. Nichts mehr ist zynisch, dachte ich bei mir, denn es gibt die intakte Vergleichswelt nicht mehr, durch die ein Zynismus als Zynismus erscheint, der Messingtrabant zwischen Zinnfiguren vor dem Brandenburger Tor als Briefbeschwerer ist vielleicht nicht nur kommerzielle Attrappe und zynisches Souvenir, sondern schon das eigentliche praktische Original, so wie das Wort

»Hase« oder »Katze«, läßt man jenen schwer bestimmbaren, klaren und sauberen Rest, wenn es gut kommt, in der Mitte des Herzens einmal beiseite, über Hase und Katze als Tier triumphiert, die bemalten Mauersegmente könnten das Original sein, die Offenbarungsartikel der Politiker und die Gesellschaftsspiele mit den Preisfragen zu gerade verjährten Ereignissen, die kaum noch jemand beantworten kann, könnten das Original sein, wie vielleicht alle Sonderdrucke und Aufkleber das Original sind, denn die Menschen, deren innere Existenz mit dem Trabant zu einer gleichnishaften Veräußerung gebracht ist, haben sich vielleicht unter dem Brandenburger Tor nur deshalb versammelt, damit sie zur interessanten Vorlage eines nicht ganz billigen, aufwendig in der Werbung vermerkten Briefbeschwerers dienen können, die Mauer wurde vielleicht nur errichtet, um Malern die geräumige Gelegenheit der Kunst am Bau zu geben, die heute zu Höchstpreisen in alle Welt verkauft worden ist und die angesehensten Galerien bereichert, die Politiker machten verlogene Politik, um im Alter alle Verlogenheiten sensationsgemäß aufschreiben und unter erschrocken staunenden Lesern, denen noch einmal der Atem gefriert, weithin vertreiben zu können, und die Geschichte nimmt vielleicht lediglich neuer Preisfragen halber ihren seltsamen Lauf. Die Menschen, dachte ich aus Anlaß der Ausstellungseröffnung DEMO-CHIC 90, während ich etwas duselig spazieren fuhr durchs Holsteinische Land, die Menschen haben nicht nur ihren Namen und ihr Gesicht in der Geschichte verloren und ihren Ausdruck verpaßt, sie sind selbst abwesend geworden, und wenn sie einst hinter den Zeichen des Uneigentlichen verlorengegangen sind, so sind sie jetzt mit ihnen identisch, ganz so, wie die Kreationen des Herrn L. identisch sind mit den Ereignissen der Straße. Aber zu den Worten »Hase« und »Katze« zurück. Ich beteuerte mehrmals schon, diese wiederholte Zerstörung des

Körpers wollte ich nicht, und ich spürte durchaus diesen Impuls, der ein Ausweichenwollen diktierte und ein kleiner Rest Eigentlichkeit gewesen sein mußte tief in mir, vielleicht in der Mitte des beschädigten Herzens, vor mir, die Nachrichten liefen, es waren wirklich nur Reflexe, zu denen ich imstande war, vor mir dieses breitzerquetschte Stück Fleisch, eine Schmierspur aus Blut und Gedärm, die Vorstellung von am Reifen haftenbleibendem Gerinnsel und das gleichzeitige Gefühl des Ekels vom Magen, ein Hase oder eine Katze, vielleicht auch ein Igel, ein Iltis oder ein Marder, ich kenne mich bei den Wesen nicht aus und weiß nur ihre Namen, obwohl es, zu meiner Entschuldigung gesagt, tatsächlich nur noch um Fleisch ging, um eine Blutspur und einen zerrissenen Körper und zerstreutes Gedärm, dann die Stimme des Nachrichtensprechers, DEMO-CHIC 90 muß in meinem Kopf gewesen sein, ich war so voller verlorener Liebe, traumlos und einsam, daß ich, ehe es eine Briefmarke würde, eine Preisfrage oder ein Schlagwort, Gas gab und mit dem linken Reifen vorne und hinten voll in den Matsch fuhr, voll in den Matsch gefahren war, nichts, aber auch nichts war ekelerregend daran, daß ich den Körper noch einmal zerquetschte, die Nachrichten liefen und liefen, es war ein Gefühl, wie man es beim Anhören oder Lesen des Satzes haben mag: Er zerriß, was schon tot war, und fuhr in die schöne, weite Landschaft.

12

... und alle drei Fälle seien Selbstmorde gewesen, erzählte Vater zum Abendbrot bei Tisch. Zwei Fälle seien ganz gewiß Selbstmorde gewesen, da schriftliche Hinterlassenschaften gefunden worden waren, die eindeutig als schriftliche Hinterlassenschaften der Toten identifiziert werden konnten, und im Falle der Wasserleiche, die man erst nach mehreren Tagen aus der Havel gezogen habe und deren Identität aufgrund eines fast vollkommen zerstörten Körpers und Gesichtes erst nicht und dann mit Hilfe der Gerichtsmedizin schließlich doch festgestellt werden konnte, was wieder einmal den Fortschritt bewies, den Fortschritt an sich und den Fortschritt in der Gerichtsmedizin und Kriminalistik zumal..., im Falle der Wasserleiche jedenfalls könne man schließlich auch von einem *Selbsttötungsdelikt* ausgehen, erzählte Vater zum Abendbrot bei Tisch, da die Wasserleiche, wie schließlich ermittelt worden sei, identisch war mit einem aus Herzberge entlaufenen, stark depressiven Patienten. Am eindeutigsten, erzählte Vater zum Abendbrot bei Tisch, seien natürlich die Selbstmorde mit schriftlicher Hinterlassenschaft zu ermitteln, da Selbstmorde mit schriftlicher Hinterlassenschaft, die indes auf ihren Urheber hin zu untersuchen wäre und darauf, keine von außen erzwungene schriftliche Hinterlassenschaft zu sein, Unfall und Tötungsverbrechen weitestgehend ausschließen..., und es sei doch kriminalpsychologisch sehr interessant, *wie* schriftliche Hinterlassenschaften erfolgen würden und *was* sie vermitteln..., als lange, geordnete Briefe, in denen der zum Selbsttötungsdelikt entschlossene Mensch, den Vater Täter nannte, die seinem Vorhaben entsprechend banalsten, unangemessensten Regelungen trifft wie das Gießen der Blumen oder das Abholen der Bettwäsche oder das Einzahlen einer fälligen Gebühr usw., oder als kurze, verworrene Notiz, etwa auf einer Zigarettenschachtel oder auf dem Rand einer Zeitung... Der lange, geordnete Brief lasse unschwer den *motivierten Selbsttötungsvorgang* erkennen, die kurze, verworrene Notiz den *affektiven Selbsttötungsvorgang*, erzählte Vater zum Abendbrot bei Tisch, wobei der motivierte Selbsttötungsvorgang, so er weiter, mit starken Schuldgefühlen die Hinterbliebenen betreffend einherginge, dann aber auch die Absicht habe, Schuldgefühle zu erzeugen, denn der motivierte Selbsttötungs*vorgang beabsichtige* etwas, das außerhalb des Selbsttötungs*deliktes* liege, er übernehme die Funktion der Bestrafung..., er wolle genaugenommen immer bestrafen, er wolle immer den konkreten anderen oder die Umstände bestrafen und richte sich als Bestrafung gegen den *Täter* nur in dem Fall, als es sich bei diesem um eine aggressionsgehemmte Persönlichkeit handele..., der Selbsttötungsvorgang sei also hauptsächlich eine Bestrafungsinstanz, dann erst eine *Tateinheit*..., zunächst sähe man zwar die Tateinheit, den Delikt, dann aber stoße man unwillkürlich auf den *Ersatzhandlungscharakter* der Tateinheit, so daß die Tateinheit oder der Delikt hauptsächlich auf ihren Ersatzhandlungscharakter hin zu untersuchen sei, wobei nun wieder von einer Ersatzhandlung 1. Grades, der direkten Schuldzuweisung, oder einer 2. Grades, der indirekten, durch Objektverschiebung praktizierten Schuldzuweisung gesprochen werden müsse..., und es ist gar nicht selten, erzählte Vater zum Abendbrot bei Tisch, daß ein motivierter Selbsttötungsvorgang als ein Akt der Bestrafung und Schuldzuweisung ein lediglich *inszenierter, demonstrativer* Selbsttötungs*vorgang* sein sollte und durch einen Unfall oder unvorhergesehenen Zufall, daß beispielsweise die pünktlich erwartete Person, der das Bestrafungsritual galt, sich verspätete, zum Selbsttötungs*delikt* wurde, was freilich hieße, daß es sich um keinen tatsächlich motivierten Selbsttötungsvorgang gehandelt habe. An der Art und Weise der schriftlichen Hinterlassenschaft könne man nun ersehen, ob es sich um einen motivierten Selbsttötungsvorgang handele oder um einen demonstrativen mit tödlichem Ausgang, wobei der demonstrative Selbsttötungsvorgang mit tödlichem Ausgang immer auch darauf zu untersuchen sei, ob er nicht eventuell ein von außen zwangsweise erwirkter

Selbsttötungsvorgang, also Mord war. Die schriftlichen Hinterlassenschaften der tatsächlich für einen Selbsttötungsvorgang motivierten *Täter* weisen, sagte er in zunehmend lauter werdendem Ton, einige Merkmale auf, an denen sie zu erkennen seien . . ., da wäre, erzählte Vater zum Abendbrot bei Tisch meiner Mutter, die fast ausnahmslose Verbindung des Motivs mit den unwesentlichsten und in keiner Beziehung zur Tateinheit stehenden Details sowie der Zwang, alles zu ordnen und geordnet zu hinterlegen . . ., dann grammatische Fehlleistungen, die der ungewöhnlichen Denksituation entsprechen und die dem Betreffenden andernfalls, aber auch dies sei, *wie überhaupt alles,* selbstverständlich zu prüfen, nicht unterlaufen wären usw. . . ., es gäbe, triumphierte er vor meiner müde am Tisch sitzenden Mutter, so viele als gesichert geltenden Erkenntnisse auf dem Gebiet der forensischen Psychologie, daß es einem *Täter,* eine gründliche kriminalistische Arbeit einmal vorausgesetzt, kaum mehr möglich sein könne zu täuschen und mit falschen Tatsachen von sich abzulenken . . ., ganz zu schweigen von der Genauigkeit und geradezu faszinierenden Unbestechlichkeit der Gerichtsmedizin, mit deren Hilfe aber auch das Unglaublichste festgestellt werden kann und schon festgestellt wurde, erzählte Vater zum Abendbrot bei Tisch mit einem hellen, flackernden Glanz in den Augen . . . An den schriftlichen Hinterlassenschaften die heutigen Fälle betreffend, habe man jedenfalls eindeutig Selbsttötungsdelikte zu erkennen, einen motivierten Selbsttötungsvorgang durch Strangulation, für den der *Täter* politische Gründe anführe, die indes nur psychiatrisch zu bewerten seien, da er, von offensichtlichen Verfolgungsideen befallen, Walter Ulbricht für sein Schicksal, eine hoffnungslos gescheiterte, verkommene Existenz zu sein, verantwortlich mache und überhaupt nur Haßtiraden auf den Staat und seine Organe in jener schriftlichen Hinterlassenschaft, die man unter ihm auf dem Fußboden fand, verfaßt habe, was, in anderem Zusammenhang, ihn hätte ins Zuchthaus bringen müssen oder richtigerweise, sagte Vater scharf, in die Klapsmühle.., und einen affektiven Selbsttötungsvorgang durch einen Sturz unter den Zug, da dem *Täter,* wie auf einer gottlob unbeschädigt gebliebenen Streichholzschachtel in Kürzeln vermerkt worden war, die Frau davongegangen sei..., aber auch hier müsse man noch einmal ermitteln, denn dies ist doch ein eigentlich sehr alltäglicher Vorgang, daß der eine oder der andere den einen oder anderen verläßt, sagte Vater, hier ist es die Frau, dort ist es der Mann usw., und allein dieser *Tatbestand* wäre doch eine nur unzureichende Erklärung des Vorgangs. Im Falle der Wasserleiche jedoch, die entsetzlich gestunken haben soll und deren verquollenes Gesicht wie ein aufgeplatzter Kürbis ausgesehen hätte und nichts, aber auch gar nichts Menschliches mehr erkennen ließ, so daß ihm und seinen Genossen das Frühstück gründlich vergangen war, würde man bald zu abschließenden Resultaten gelangen, erzählte Vater zum Abendbrot bei Tisch, um übergangslos in jene Stummheit zurückzusinken, aus der heraus er zu sprechen begann, während Mutter auf die Sandmännchenzeit hinwies und uns Kinder vor den Fernseher setzte. Mutter litt heute weniger und Vater, der sich in eine rauschhafte Begeisterung geredet hatte und in uns das überzeugende Gefühl hinterließ, ausnahmslos jedes Verbrechen aufklären zu können, und nicht nur jedes Verbrechen, sondern jede Vorform des Verbrechens wie die Lüge oder die Täuschung oder den Lüge und Täuschung vorbereitenden Gedanken erkennen, durchschauen und lesen zu können, um sofort und in aller Konsequenz mit Bestrafung zu reagieren, Vater, der ausnahmslos jeden unter Verdacht nahm, gelogen oder getäuscht zu haben oder Lüge und Täuschung vorbereitende Gedanken gehabt zu haben oder zu denken, er könne ihn, Vater, belügen oder täuschen, ohne daß er, Vater, es merken würde, wo doch für ihn, Vater, von vornherein jeder in dem Verdacht stand, die Schattenwelt der Existenz betreten zu haben oder zu betreten beabsichtigt zu haben und etwas zu planen oder schon geplant zu haben und bald umzusetzen oder schon umgesetzt zu haben und nun mit Lügen und Täuschungen zu leben und in der Schattenwelt der Existenz angekommen zu sein, in die hinein es bekanntermaßen nur eines kleinen, unbedachten Schrittes bedarf, einer Millimeterwendung vielleicht, zu der ausnahmslos jeder imstande ist, und da könne einer ein Engelsgesicht haben und von scheinbarer Herzensgüte sein, und doch könne er in die Schattenwelt der Existenz geraten und die unvorstellbarsten Dinge anrichten, denn in ausnahmslos jedem Menschen befinde sich eine zweite, die Sichtbarkeit und Erfahrbarkeit des Menschen verlassende Existenz, so Vaters berufsbedingte Meinung, und diese zweite Existenz sei eben der schwindelerregende Abgrund der sichtbaren und gewöhnlich erfahrbaren Existenz und nicht selten deren genaues Gegenteil, weshalb ausnahmslos jeder unter Verdacht genommen werden müsse, so Vaters berufsbedingte Meinung, damit sofort auf die *zweite Existenz* reagiert werden könne in aller Entschlossenheit und Härte, wie es nun einmal zu seiner täglichen Arbeit gehörte..., Vaters tägliche Arbeit war, den negativen Schatten seiner selbst, den jeder von sich hinterläßt, zu kontrollieren und zu beeinflussen und nötigenfalls zu zerstören, er ist beauftragt worden, sofort auf den schwindelerregenden Abgrund, den die Menschen in sich haben und in den sie gelegentlich stürzen, zu reagieren, er ist nicht beauftragt worden, sich für die Existenz der Menschen zu interessieren, sondern er ist beauftragt worden, sich für die zweite Existenz der Menschen zu interessieren, und so war Vaters Blick nicht auf die Menschen gerichtet, sondern er war auf den Abgrund im Menschen gerichtet, erst wenn er, Vater, die Abgründe aufgespürt hatte, glaubte er, Vater, die Wahrheit des Menschen erfahren zu haben, was hieß, ihn *überführt* zu haben ..., Vaters Arbeit war es, zu *überführen,* und er überführte den ganzen Tag und nicht selten bis in die Abende und Nächte hinein, und wenn es nichts und niemanden zu überführen gab, fühlte er, er müsse getäuscht worden sein .., er zog sich zurück und begann zu lauern und zu lauschen und versteckt zu beobachten, ob nicht ein Ereignis eintrete, das vorangegangenen Ereignissen oder Äußerungen derart widersprach, das es zur Überführung reichte ..., und so war sein Blick ein Blick auf das Leben aus der Perspektive des Todes und auf den Menschen aus der Perspektive seiner möglichen Verbrechen und aller Vorformen des Verbrechens wie der Lüge oder der Täuschung oder der Lüge und Täuschung vorbereitenden Gedanken, so war sein Blick von einer Gottähnlichkeit und Überführung und Urteil zugleich ..., aber Mutter litt heute weniger und Vater, der sich in eine rauschhafte Begeisterung geredet hatte, war, während wir wie allabendlich zur Sandmannzeit vor dem Fernseher saßen, in seine übliche Stummheit zurückgesunken, und niemand wußte, ob er sich vergessen machen wollte, um so besser beobachten und mithören und die Vorgänge kontrollieren zu können, oder ob er tatsächlich einmal mit sich selbst beschäftigt war. – Vater las in der Zeitung oder löste Kreuzworträtsel oder betrachtete in sich gekehrt seine Briefmarkensammlung, in Wirklichkeit aber beobachtete und hörte und kontrollierte er, was um ihn herum geschah, aber es konnte auch geschehen, daß er tatsächlich in der Zeitung las oder Kreuzworträtsel löste oder seine Briefmarkensammlung betrachtete und wir nur glaubten, er würde die Zeitungslektüre oder das Kreuzworträtsellösen oder das Betrachten der Briefmarkensammlung benutzen, um besser beobachten und mithören und kontrollieren und schließlich überführen zu können, um auf uns aufzupassen und still zu sein und nichts, was auf eine zweite Existenz deuten könnte, passieren zu lassen, oder wir nahmen an, er lese tatsächlich Zeitung oder löse tatsächlich Kreuzworträtsel oder betrachte tatsächlich seine Briefmarkensammlung, weil er zeitungslesend oder kreuzworträtsellösend oder briefmarkenbetrachtend erschienen war, um leichtsinnig zu werden und arglos zu sprechen und etwas auf eine zweite Existenz Hindeutendes passieren zu lassen, und wir wurden überführt und sofort bestraft, alles war ruhig, und aus dem scheinbaren Nichts heraus wurde irgendeiner überführt und sofort mit einer Ohrfeige oder einem Verbot oder günstigenfalls mit einer Mahnung bestraft, bestraft, weil etwas auf eine zweite Existenz Hindeutendes passiert war und, weil der Betreffende so hochmütig war, Vater für abwesend zu halten. Seine Stummheit war eine Falle, in die jeder irgendwann geriet, immer dann, wenn er arglos wurde und sich unbeobachtet fühlte und die leisen Vorboten einer möglichen zweiten Existenz zu erkennen gab, um ganz plötzlich überführt und bestraft oder angemahnt zu werden. Oder aber er wurde zu einer späteren Zeit überführt und bestraft, er wurde nicht gleich überführt und bestraft, er wurde überführt und bestraft, sobald Vater den Zeitpunkt der Überführung und Bestrafung für gekommen hielt, den er aus taktischen oder aus, wie er sagte, *pädagogischen* Gründen hinausschob, da er die Überführung und Bestrafung mit anderen eine Überführung und Bestrafung notwendig machenden Ereignissen verbinden wollte oder um sich noch sicherer zu sein, daß eine Überführung und Bestrafung erfolgen müsse oder um den Überführten und Bestraften besser zu überraschen und ihn daran zu erinnern, daß er ausnahmslos immer beobachtet und kontrolliert werden würde und daß ausnahmslos jede Zeit die Zeit der Überführung und Bestrafung sein kann, wie ja auch jeder in jedem Augenblick in die Schattenwelt der Existenz geraten könne durch einen kleinen, unüberlegten Schritt über die Grenze des Gesetzes und Anstandes hinaus, oder um dabei unentdeckt zu bleiben, wann er, Vater, Zeitung lese oder Kreuzworträtsel löse oder seine Briefmarkensammlung betrachte und wann er sich zeitunglesend oder kreuzworträtsellösend oder briefmarkenbetrachtend stelle, um in Wirklichkeit zu hören und zu beobachten und zu kontrollieren, was um ihn herum geschieht. – Und vielleicht litt Mutter an diesem Abend weniger, weil Vater zum Abendbrot bei Tisch sich in eine rauschhafte Begeisterung geredet hatte und folglich nicht beobachten und hören und kontrollieren konnte, was um ihn herum geschah, um nun in seine von allen gefürchtete Stummheit zurückzusinken und um schließlich, als der Abendgruß zu Ende war, in sein Arbeitszimmer zu gehen, das mir wie ein Zimmer des Todes erschienen ist. Sein Zimmer war ein Studierzimmer des Todes, in dem er am äußersten Ende vor einer Fenstertür, die über eine kleine Terrasse und Steintreppe in den Garten führte, fast unbeweglich und von aufgeschlagenen Büchern des Todes umgeben saß, der ganze Schreibtisch und der Tisch in der Mitte des Zimmers und die Sessel und Stühle und die Ablageflächen der Schränke und selbst ein Teil des Fußbodens war voll von aufgeschlagenen Büchern des Todes, in denen alle Formen des Verbrechens und der Verwesung und der Hinfälligkeit und der gewaltsamen Zerstörung abgebildet und erläutert waren, strangulierte, erschlagene, erdrosselte, vergiftete, vergaste, ertrunkene, zerquetschte, zerstückelte, zerschnittene, zu Tode gestürzte und zu Tode vergewaltigte und zu Tode geschlagene und zu Tode gestochene und zu Tode geschossene Menschen, abgetrennte Arme und abgetrennte Finger und abgetrennte Köpfe, von Blut überströmte Gesichter und von Blut überströmte Körper, und Vater saß am äußersten Ende des Zimmers, vor ihm der prächtig blühende Garten, die Weite einer Heidelandschaft und der Kiefernwald am Horizont, hinter und neben ihm der Tod, und Vater saß am äußersten Ende des Zimmers vor einer Fenstertür am Schreibtisch mit der Lupe in der Hand und las, studierte, verglich, schrieb ab, unterstrich, kreuzte an, das Tageslicht, das in den Raum drang, ließ die vordere Hälfte des Zimmers im Dunkeln, die vordere Hälfte des Zimmers lag immer im Dunkeln, Vater schaltete, wenn es Abend war, eine kleine Schreibtischlampe an, die vordere, immer dunkle Hälfte des Zimmers war wie das Gegenteil der hinteren, immer beleuchteten Hälfte des Zimmers, und las, studierte, verglich, schrieb ab, unterstrich, kreuzte an, die vordere Hälfte des Zimmers war die Schattenseite der hinteren Hälfte des Zimmers, an derem Ende Vater an einem Schreibtisch saß und studierte, und die vordere, immer dunkle Hälfte des Zimmers war wie eine zweite Existenz der hinteren, immer hellen Hälfte des Zimmers, es war, als geschähe in der dunklen Hälfte des Zimmers alles das, was in der hellen Hälfte des Zimmers lautlos erzählt wurde und in den Büchern stand und einen Mann, der mein Vater gewesen ist, stundenlang beschäftigte, und es herrschte ein merkwürdiges, wie mit einer Schere in Hell und Dunkel zerschnittenes Licht in diesem Raum, und wenn die Schreibtischlampe brannte, warf der Körper des Mannes, der mein Vater gewesen ist, in das wie mit einer Schere in Hell und Dunkel zerschnittene Licht hinein einen Schatten, der sich weit auf die Bücher legte, die Bücher des Todes waren, während der Körper des Mannes, der mein Vater gewesen ist, selbst hell beschienen war von dem Licht, das der Haut eine blasse, ins Grau gehende Farbe gab und das Haar weiß erscheinen ließ. Den Vietnamkrieg fühlte ich gerade weit von mir entfernt, da die Bilder, die anderntags gleich nach der Sandmannzeit kamen, und hier war es auch wieder dieser übergangslose Schnitt zwischen Hell und Dunkel, ausgeblieben waren, aber ich taugte für beide

Realitäten, mein Alter ließ noch den Sandmann und die Kindersendungen und die Märchenbücher und sanften Versprechen und schon die Tagesschau zu, aber die eine Realität war die Verneinung der anderen Realität, eine Geborgenheit ging von den Sendungen im Fernsehen für Kinder und den Büchern für Kinder und den sanften Versprechen aus, daß die Dinge eine glatte, saubere Oberfläche bekamen, die nur durch die gelegentlichen Bilder des Vietnamkrieges eine kleine Beschädigung erfuhr, aber vor dem Fenster im Zimmer meines Vaters blühte prächtig der Garten, aber das Zimmer war ein Zimmer des Todes, und da war auch der Abgrund wieder, die Schattenexistenz der Dinge und Menschen, ich wußte nicht, wohin ich eigentlich gehörte, die Welt der Schule und der Wandzeitungen und der Bücher und der Sendungen und der Lieder und der Gelöbnisse und der gewaschenen Kleidung und der geputzten Schuhe und der gereinigten Sprache usw. ließ eine Geborgenheit zu, von der die Welt der Verbrechen und Kriege und Verfallenheiten unwirklich wurde, eine Krankheit schien immer eine zu heilende Krankheit und ein Krieg immer ein durch einen Sieg der gerechten Partei beendbarer Krieg und ein Verbrechen immer ein aufklärbares Verbrechen zu sein. Aber es war nicht nur ein Privileg der Kinder, mußte ich später erkennen, in eine Geborgenheit hineingezogen worden zu sein, alle Menschen waren durch Sendungen und Bücher und sanfte Versprechen in eine Realität hineingezogen worden, vor der die Realität der Verbrechen und Kriege und Verfallenheiten unwirklich wurde, sie waren mit einer Geborgenheit bestraft, die eine Illusionsgeborgenheit war, das ganze Land lebte in einer Illusionsgeborgenheit und mit Illusionsbegriffen und in einer Illusionsrealität, die alles ausgespart hatte, was in dem Zimmer meines Vaters zu sehen war, die Verharmlosungen aussprach und alle Formen des Verbrechens und der Verwesung und der Hinfälligkeit und der

Gewalt auf ferne Gegenden verwies..., jeder ist beschützt worden..., jeder lebte auf der sauberen, glatten Oberfläche einer Realität, die eine Illusionsrealität war..., jeder lebte in einer Geborgenheit, die eine Illusionsgeborgenheit war..., jeder zweifelte die Sendungen und die Bücher und die Reden und die sanften Versprechen als Realität irgendwann einmal an, und jeder kehrte nach seinen Zweifeln auf die saubere, glatte Oberfläche der Illusionsgeborgenheit zurück oder stürzte in den Abgrund, den die Existenz bereithielt für ihn..., jeder fand die Illusionsrealität und die Illusionsgeborgenheit besser, als in den Abgrund der Existenz zu stürzen, denn schließlich war sie wie die geöffnete Brust einer Mutter..., jeder zweifelte die Illusionsrealität und die Illusionsgeborgenheit irgendwann einmal an, und jeder verteidigte die Illusionsrealität und die Illusionsgeborgenheit wieder..., ich wußte nicht, wohin ich eigentlich gehörte, aber ich ahnte sehr früh, daß die Realität jenseits des Zimmers meines Vaters eine Illusionsrealität und daß die Geborgenheit jenseits des Zimmers meines Vaters eine Illusionsgeborgenheit war, so daß ich sehr früh keinen Sandmann mehr sehen wollte und keine Kinderbücher mehr lesen wollte und keine sanften Versprechen mehr hören wollte, ich begann, die Illusionsrealität und die Illusionsgeborgenheit zu verhöhnen und zu verlachen, um sie in Augenblicken der Schwäche und Furcht wieder zu suchen, ich verhöhnte alle Kindersendungen und alle Kinderbücher und alle Kinderversprechen, und in der Verhöhnung suchte ich sie auf, sah und las und hörte ich sie und ließ mich aufnehmen von der Geborgenheit, die in ihnen war, ich wußte nicht, wohin ich eigentlich gehörte, und das sich Lächerlichmachen, das sich in mir auszubreiten begann und durch das ich mich zunehmend isolierte, denn niemand um mich herum wollte die Geborgenheit, in der er lebte, als Illusionsgeborgenheit verlacht bekommen, hatte seinen festen

Grund in der Existenz des Zimmers meines Vaters, es hatte seine Bilder, vor denen die Realität jenseits der Bilder nur noch eine Illusionsrealität sein konnte, es gab kein Zurück mehr, vor all diesen strangulierten, erschlagenen, erdrosselten, vergifteten, vergasten, ertrunkenen, zerquetschten, zerstückelten, zerschnittenen, zu Tode gestürzten und zu Tode vergewaltigten und zu Tode geschlagenen und zu Tode gestochenen und zu Tode geschossenen Menschen, vor all diesen abgetrennten Armen und abgetrennten Fingern und abgetrennten Köpfen, vor all diesen von Blut überströmten Gesichtern und von Blut überströmten Körpern war jede Geborgenheit eine Illusionsgeborgenheit für mich, von der ich mich nur noch wegzubewegen hatte, ich wußte nicht, wohin ich eigentlich gehörte, aber ich wußte, wohin ich nicht mehr gehörte, um so zugleich auch in eine Angst geraten zu sein, die, wie ich heute weiß, die Angst der Freiheit gewesen ist... Aber prachtvoll blühte der Garten, in den ich hinaussah, als ich in der Tür zu meines Vaters Arbeitszimmer stand, um ihm die Gutenachthand zu geben, und wie immer saß er an seinem Schreibtisch mit einer Lupe in der Hand, mit der er auch seine Briefmarken betrachtete, und las, studierte, verglich, schrieb ab, unterstrich, kreuzte an, und es herrschte ein Licht in diesem Raum, das ich als ein zweigeteiltes Licht empfand und durch das der Mann, der mein Vater gewesen ist, erst recht, wenn er, mit beginnender Dunkelheit, die Schreibtischlampe anschalten würde, einen Schatten warf auf die überall um ihn herum ausgebreiteten und aufgeschlagenen Bücher, die Bücher des Todes gewesen sind, und der Mann, der mein Vater gewesen ist, würde, dachte ich, sobald er die Schreibtischlampe angeschaltet hätte, weshalb die Winter, in denen ich diesen Mann, der mein Vater gewesen ist, immer im Licht der Schreibtischlampe sehen mußte, schlimmer als die Sommer für mich waren, eine blasse, ins Grau gehende Hautfarbe bekommen, und das Haar würde mir weiß vorkommen wie Schnee, dachte ich, als ich, immer geradeaus auf den Sommerabend schauend hinter dem Fenster, hinter dem der Garten begann und die Weite der Heidelandschaft hinter dem Garten und der Kiefernwald am Horizont, auf ihn zuging, die Gutenachthand schon von mir gestreckt und die Hand, die zum Herzen führte, vor die Augen gehalten, aber auch nicht richtig vor die Augen gehalten, nur so, daß ich noch sehen konnte, wo ich hintrat, wobei ich, wollte ich sehen, wo ich hintrat, immer auch die Bilder und Erklärungen des Todes sehen mußte, so daß ich gelegentlich blind lief oder den Blick fest auf einen Punkt hinter dem Fenster gerichtet hielt, was ein sehendes Blindlaufen war und mich ab und an stolpern ließ, um so erschrockener noch mich auf den Raum und auf den Weg durch den Raum konzentrieren zu müssen, und es war immer ein Gehen von der dunklen in die helle Hälfte des Zimmers wie von der zweiten, zweifelhaften und gefährdeten Seite der Existenz in die geordnete, vernünftige und überschaubare Seite der Existenz, ich hatte immer vom Dunklen ins Helle zu gehen, wenn ich hereintrat, um beim Herausgehen ins Dunkle des Zimmers zurückzukehren wie in einen Abgrund, der mich hinabzog, ich ging immer ganz langsam herein und ganz schnell wieder heraus, das Hereintreten war immer das Schlimmere und das Herausgehen immer das Bessere der Situation, aber das Allerschlimmste der Situation und schlimmer als das Hereintreten und erst recht als das Hinausgehen war, wenn ich spürte, sobald ich nah genug an den Mann, der mein Vater gewesen ist, herangetreten bin, wie meine Hand von der Hand des Mannes, der mein Vater gewesen ist, umschlossen war wie von einer Realität, vor der die Realität außerhalb dieser Situation und außerhalb dieses Zimmers nur noch eine Illusionsrealität sein konnte, und ich bekam, sobald meine Hand in des Mannes Hand lag, die ganze Hilflosigkeit zu spüren, mit der wir dieser Realität ausgeliefert sind, ich spürte die Verfügung über mich in der Art des Festgehaltenwerdens und die Macht, die diese Hand über meine Hand besaß, denn erst wenn diese Hand sich von meiner Hand gelöst hatte, konnte ich wieder hinausgehen, ich konnte erst gehen, wenn diese Hand wollte, daß ich gehe, und die Zeit, die verging, während ich dem Mann, der mein Vater gewesen ist, die Hand zum Gutenachtgruß gab und umschlossen spürte und wieder freigelassen an mich heranziehen konnte, war immer eine Ewigkeit für mich, so als wäre es die Erfahrung des Todes selbst gewesen, die ich machte, ehe ich mich abwenden konnte, ehe ich abgewandt das Licht verlassen konnte, um in ein anderes Licht zu gehen, durch die Endlosigkeit dieses Raumes, denn ich habe diesen Raum als endlos empfunden und seine Begrenzung ist mir unverständlich geblieben, hindurch.

13

... doch sie stehen nicht, wie zu erwarten, an der Tür, um zu öffnen, einen zu begrüßen und hereinzulassen, sie halten die Tür angelehnt und rufen aus einem dem Blick verborgenen Winkel des Hauses, man möge näher treten, um dann, mit einiger Verzögerung, aus der Mitte eines zur Hälfte im Dunkeln liegenden Raumes auf einen zuzukommen und sich übertrieben umständlich zu entschuldigen: man habe unbedingt noch etwas beenden oder wegstellen oder notieren usw. müssen ..., und vielleicht ist das, in den meisten Fällen auf lediglich indirekte Art zu empfangen und empfangen zu werden, eher schon Verhaltensgewohnheit als bloßer, sich wiederholender Zufall, oder sie kommen nicht aus der Mitte eines zur Hälfte im Dunkeln liegenden Raumes des Erdgeschosses auf einen zu, sie kommen über die

Holzstiege aus dem Arbeitszimmer in der Oberetage, das weit geöffnet bleibt und in dessen hellem Licht die bis zur Decke reichende Bücherwand zu sehen ist, oder aber sie schicken das Kind an die Tür, dem man mühsam erklären muß, daß man die Mama sprechen möchte oder den Papa, nachdem man es gefragt gehabt hat, ob denn Mama oder Papa überhaupt zu Hause seien, obgleich man verabredet mit ihnen ist und das Auto vor der Garage stehen sah und ganz genau um ihre Anwesenheit weiß, oder es öffnet die Frau, und man möchte den Mann sprechen, oder es öffnet der Mann, und man möchte die Frau sprechen, aber annähernd nie öffnet der, zu dem man möchte, die Tür..., es ist eine Angewohnheit, daß der, den man besuchen möchte, einen nicht selbst an der Haustür empfängt und sich erst rufen läßt und dann immer noch mit irgendeiner Arbeit beschäftigt ist: einen Folianten ins Bücherfach stellen oder einen gerade begonnenen Satz in die Schreibmaschine tippen oder einen Artikel ausschneiden und in den Ordner heften usw., und dabei ist man verabredet gewesen und weder zu früh noch zu spät gekommen, man ist ganz pünktlich gekommen, man ist trotz der hierzulande üblichen Entfernungen von Ort zu Ort und von Haus zu Haus pünktlich gekommen und hat nun das Gefühl, zu früh oder zu spät gekommen zu sein und zu stören und des anderen Arbeit zu verhindern..., und eigentlich, wird man unwillkürlich denken, hätte man selbst auch genug zu tun, man hätte genaugenommen so viel zu tun, daß man sich den Besuch nicht hätte leisten können, man hätte ihn sich ebenso nicht leisten können, wie die Gastgeber sich die Einladung nicht hätten leisten können und wie es nun auf eine etwas beschämende Weise sichtbar geworden ist. Sie haben einen eingeladen, weil sie geglaubt haben, es sich leisten zu können und weil die Geste des Einladens zur allgemeinen Gesellschaftsfähigkeit gehört und in Folge gemeinsamer Geburtstags-

oder Hochzeits- oder Trauerfeiern usw., bei denen man sich das erste Mal sah und nicht gleich feststellen konnte, ob man sich etwas zu sagen hat oder nicht, angewandt wird. In den meisten Fällen hat man sich nichts zu sagen, aber immerhin könnte es auch sein, daß man sich ausnahmsweise doch etwas zu sagen hat, und allein diese Möglichkeit, gerade hierzulande und bei den Entfernungen von Ort zu Ort und von Haus zu Haus und in der Situation, jeden im Umkreis von zehn oder zwanzig oder fünfzig Kilometern zu kennen, allein diese Möglichkeit, auf jemanden zu treffen, mit dem man sich vielleicht doch etwas zu sagen hat, möchte man nutzen, eine Chance von neunundneunzig zu eins, aber immerhin, man möchte sie nutzen und lädt ein, und natürlich lädt man auch ein, weil die Geste des Einladens als eine Folge des Eingeladenseins und des gemeinsamen Feierns oder Trauerns usw. und des Leutevorgestelltbekommens und Leutekennenlernens usw. dazugehört, man kann machen, was man will, es gehört wie selbstverständlich dazu, hier oder dort seine Visitenkarte zu vergeben und Einladungen auszusprechen, und andauernd niemanden einladen fällt ebenso auf, wie andauernd jeden einladen. Andauernd niemanden einladen hinterläßt den Eindruck von Gesellschaftsunfähigkeit und fehlender Kontaktbereitschaft, andauernd jeden einladen könnte Wahllosigkeit im Umgang mit den anderen und mangelndes Ausgelastetsein bedeuten, so als gäbe es nichts anderes zu tun, als die Nachmittage und Abende mit belanglosem Gerede zu verbringen. Sie haben, denke ich, während wir auf die Frau S. warten, das richtige Maß zu finden, wann und wie oft und an wen und an wen nicht man Einladungen vergibt, in welchen Situationen man sich Einladungen nicht auszusprechen oder nicht anzunehmen leisten kann und in welchen Situationen man sich Einladungen nicht auszusprechen oder nicht anzunehmen nicht leisten kann, um Einladungen auszusprechen und sich insgeheim zu ärgern, wenn der Eingeladene dann tatsächlich vor der Tür steht, und der Eingeladene steht dann tatsächlich vor der Tür und spürt, daß der Zufallsbekannte es sich wohl nicht hätte leisten können, die Einladung auszusprechen und sie nur der Form und des erwarteten Anstandes halber aussprach, um den Gast, auf den er jetzt in einiger Zerstreutheit aus der Mitte eines zur Hälfte im Dunkeln liegenden Raumes oder aus dem Arbeitszimmer in der Oberetage die Holzstiege herab zukommt, in die Lage der Scham zu versetzen. Der in die Lage der Scham versetzte Gast wird daran erinnert werden, genaugenommen auch keine Zeit für Einladungen zu haben und nur gekommen zu sein, weil er vom Ernst der Einladung überzeugt gewesen ist und nicht unhöflich sein wollte und fahrlässigerweise auch hoffte, mit dem Zufallsbekannten, den er auf einer Geburtstags- oder Hochzeits- oder Trauerfeier usw. kennengelernt hatte, den einen höchst seltenen Fall zu erleben, sich tatsächlich, wie man es an jenem Nachmittag nicht gleich feststellen konnte, etwas zu sagen zu haben, die Zusammenhänge sind und bleiben kompliziert. Entschuldigen Sie bitte, hatte die Frau S. vorhin gesagt, Entschuldigen Sie vielmals, sagte sie, nachdem wir einige Zeit vor der Tür gestanden haben und erst auf das zweite Klingelzeichen hin durch die kleine Tochter der S. hereingelassen wurden. Sind denn Mama und Papa zu Hause, hat meine Frau die kleine Tochter der S. gefragt, und dann: Würdest Du bitte Mama und Papa an die Tür holen, und nach einiger Zeit kam die Frau S. und entschuldigte sich und rief den Herrn Dr. S. und entschuldigte ihn, er habe, sagte sie, noch eben etwas zu tun, und dann lief die S. noch einmal in die Küche zurück und ließ uns mit der kleinen Tochter allein, und dann öffnete sich die Tür zum Arbeitszimmer des Herrn Dr. S., und der Herr Dr. S. kam heraus, und während er die Holzstiege herab auf uns zukam, sagte er sichtlich zerstreut, daß er noch etwas

Wichtiges habe beenden müssen und daß wir nun doch aber ablegen und die Wartezeit entschuldigen sollten, und unser Blick fiel unwillkürlich auf die in einem hellen Licht liegende, bis an die Decke reichende Bücherwand, die ausschnitthaft durch die offengebliebene Tür zum Arbeitszimmer in der Oberetage zu sehen war, und dann kam auch die Frau S. auf den Korridor zurück, nicht aber aus der Küche, in die sie mit den mehr zu sich selbst gesprochenen Worten: Der Braten ..., der Braten ..., gegangen war, sondern aus der Mitte eines zur Hälfte im Dunkeln liegenden Raumes, von dem aus es also eine Verbindung in die Küche geben muß, dachte ich, wie praktisch, dachte ich, und die Frau S. sagte noch, mehr an den Herrn Dr. S. gewandt, aber ohne uns auszuschließen, sie schaute genaugenommen den Herrn Dr. S. gar nicht an, sie schaute meine Frau an, meinte aber den Herrn Dr. S., sie meinte genaugenommen nur den Herrn Dr. S., gab uns aber, indem sie zwar den Herrn Dr. S. meinte, jedoch meine Frau dabei ansah, das Gefühl, uns alle zu meinen bzw. uns einzubeziehen in eine Sache, die eindeutig nur an den Herrn Dr. S. gerichtet war: Ich habe unbedingt noch die von Dir gebrauchten Folianten ins Bücherfach stellen müssen, mein Lieber, man stürzt noch einmal über die von Dir gebrauchten und nicht ins Bücherfach zurückgestellten Folianten. Unsere Gäste, sagte sie, Werden noch einmal über die von Dir liegengelassenen Folianten stürzen. Die Folianten müssen unbedingt, sofort nach Gebrauch, ins Bücherfach zurückgestellt werden, mein Lieber. Wir sind doch nicht zu früh gekommen?, fragte meine Frau und sah auf die Uhr und wußte ebenso wie ich, daß wir weder zu früh noch zu spät gekommen waren. Aber bitte, sagte der Herr Dr. S., Kommen Sie doch herein und nehmen Sie Platz, wo immer sie mögen, Aber nein, sagte die Frau S., Nein, nein, Sie sind ganz richtig gekommen, Danke, sagte meine Frau und meinte die Einladung des Herrn Dr. S., Platz zu nehmen,

Dann ist es gut, sagte ich und meinte die Bemerkung der Frau S., daß wir weder zu früh noch zu spät gekommen sind, obgleich wir alle wußten, daß wir ganz pünktlich gekommen waren. Es ist eine Angewohnheit, dachte ich, dem Eingeladenen das Gefühl zu geben, unpünktlich oder doch ungelegen gekommen zu sein. Sie geben dem Eingeladenen das Gefühl, unpünktlich oder doch ungelegen gekommen zu sein und gleichen diese latente Beleidigung mit übertriebener Freundlichkeit aus. Erst lassen sie ihn vor der Tür stehen, dann öffnet ein noch begriffsstutziges Kind, dann kommt er und kündigt sie an, oder es kommt sie und kündigt ihn an, dann tritt der Eingeladene ins Haus und beobachtet, wie er oder sie oder beide noch beschäftigt sind und unbedingt noch die Folianten ins Bücherfach schieben oder einen Satz in die Schreibmaschine tippen oder einen Artikel in den Ordner heften müssen usw., um langsamen Schrittes aus der Mitte eines zur Hälfte im Dunkeln liegenden Raumes oder zerstreut aus dem Arbeitszimmer in der Oberetage die Holzstiege herab auf einen zuzukommen und ein salbungsvolles Entschuldigen-Sie-Bitte hervorzubringen. Sie haben doch eigentlich zu tun, wird man unwillkürlich denken, sie wollten lediglich freundlich sein, weil man ihnen zufällig gegenüber saß bei der Geburtstags- oder Hochzeits- oder Trauerfeier usw., aber sie haben zu tun, und man ist so instinktlos gewesen, die Einladung nicht als eine Geste der Form zu verstehen, man hätte, aber nun, wo man in der Tür steht und da ist, ist es zu spät, man hätte sich zu bedanken gehabt für die freundliche Einladung, aber, mit dem Hinweis auf die vielen Verpflichtungen gerade in allernächster Zeit, abwehren müssen, um es auf *ein anderes Mal* zu verschieben. Man sagt, Gerne ein anderes Mal, oder, Ein nächstes Mal klappt es bestimmt, oder, Das wollen wir doch für das nächste Mal festhalten usw., und dieses: *Ein anderes Mal* ist die höfliche und niemanden in die Zwangslage des

Worthaltens bringende Absage. Und diese höfliche Art des Absagens hatte der Gastgeber eigentlich erwartet, um nun genötigt zu sein und den Eingeladenen in die Lage der Scham zu versetzen und latent beleidigend wie übertrieben freundlich gleichermaßen zu wirken und ihn, den Eingeladenen, daran denken zu lassen, was er nicht auch alles hätte erledigen müssen, ja es ist, in gewisser Weise, für den Eingeladenen doppelt beschämend, einerseits, weil er die Einladung nicht als eine Geste der Form verstanden hat und in gesellschaftsunfähiger Weise so instinktlos war, sie anzunehmen und nun stört, andererseits, weil er, der Eingeladene, den Eindruck hinterläßt, beliebig viel Zeit für Einladungen zu haben und Einladungen allem Anschein nach sofort, als wäre es wahllos, anzunehmen, während der Gastgeber für seine Freundlichkeit mehrfach bestraft wird, zum einen dadurch, daß er offensichtlich den Eindruck hinterlassen hat, die Einladung ernst zu meinen und somit beliebig viel Zeit für Einladungen zu haben und Einladungen fast wahllos zu vergeben, zum anderen durch die Nötigung, mit dem Gast die Zeit verbringen zu müssen, die andernfalls den unbedingt zu verrichtenden Beschäftigungen gegolten hätte, die Zusammenhänge sind und bleiben kompliziert. Aber diese Verunsicherung zu hinterlassen ist eine Angewohnheit, denn jeder macht jedem vor, ständig zu arbeiten und mit dem Geschäft oder der Fabrik oder der Praxis oder der Klinik oder dem Büro oder dem Projekt usw. beschäftigt zu sein, und während sie tatsächlich ständig mit dem Geschäft oder der Fabrik oder der Praxis oder der Klinik oder dem Büro oder dem Projekt usw. beschäftigt sind, suchen sie jede Gelegenheit, dieser Beschäftigung zu entkommen, denn in den meisten Fällen sind die Beschäftigungen Scheinbeschäftigungen, die Handgriffe sind eingebildete Handgriffe, und die Wichtigkeit, die sie empfinden, ist eine eingebildete Wichtigkeit, die dicke Notizbücher illustrieren. Je dicker ein Notizbuch und je engbeschriebener ein Wochenkalender, je eingebildeter ist die Beschäftigung. Gestalten mit dicken Notizbüchern und engbeschriebenen Wochenkalendern und Telefonapparaten in allen Zimmern und im Auto und in der Jackentasche sitzen in den meisten Fällen untätig herum und warten auf einen Anruf, der ihnen die Wichtigkeit zurückgibt und sie vom Untätigsein in die Scheinbeschäftigung hinein entläßt, oder sie laufen vollkommen sinnlos umher und räumen Kisten von oben nach unten und von unten wieder nach oben und stöhnen, daß ihnen die Arbeit über den Kopf wächst. Einer, der wirklich beschäftigt ist, hat gar nicht die Zeit für dicke Notizbücher und engbeschriebene Wochenkalender und ständige Telefongespräche. Man muß nur das von Merkzetteln und Verweisen überquillende Notizbuch sehen, um zu wissen, daß es sich um einen harmlosen und auswechselbaren Geldnachhausebringer handelt, der sich sein Beschäftigtsein und seine Wichtigkeit lediglich einbildet. Dieser Einbildung folgend gibt er vor, keine Zeit für Einladungen zu haben, sie zu vergeben nicht und sie anzunehmen nicht, um sie nur zu vergeben, weil es eine geforderte Geste der Form ist, und sie abzulehnen, weil es die anständige Reaktion auf die geforderte Geste der Form ist, denn er hat keine Zeit und stürzt hoffnungslos überfordert zwischen Klingelzeichen und Telefonanruf und seiner mit Spänen und Zetteln markierten Beschäftigungsstelle hin und her, wenn nun einer doch so instinktlos gewesen ist, unerwartet zu reagieren und nun tatsächlich vor der Haustür zu stehen. In Wahrheit aber ist der harmlose und auswechselbare Geldnachhausebringer froh, wenn ein anderer harmloser und auswechselbarer Geldnachhausebringer vor der Tür steht, durch dessen Anwesenheit er seiner Beschäftigungseinbildung für eine gewisse Zeit entkommt, auch wenn er jetzt verzögert und nervös ihn empfängt. Schon lange hat er das herankommende Fahrzeug des Gastes gehört, denn jedes Geräusch ist ein seiner Bedeutung nach zuordbares Geräusch, und wenn es das eines Fahrzeugs ist, kann es nur der Nachbar oder der Linienbus sein, und wenn es das eines außerplanmäßigen Fahrzeugs ist, ist es der zu erwartende Gast. Und genau in diesem Augenblick beginnt der Gastgeber mit einer Beschäftigung, er schreibt einen wahrscheinlich beliebigen Satz in die Maschine oder verschwindet in den dunkelsten Winkeln des Hauses und kramt in Papieren oder Ordnern oder Briefen, er räumt die verstaubtesten Folianten aus dem Bücherregal und legt sie willkürlich aufgeschlagen in die Mitte des Zimmers, Daß man noch einmal darüber stürzen wird, mein Lieber, sagte die Frau S. Und: Was können wir Ihnen anbieten? sagte die Frau S. Und: Machen Sie sich keine Umstände, sagte ich. Aber das macht keine Umstände, sagte daraufhin die Frau S., und: Einen Tee bitte, sagte meine Frau, und: Auch für mich bitte Tee, sagte ich. Aber seit wann trinkst du denn Tee? fragte meine Frau. Sie können auch Kaffee bekommen, sagte der Herr Dr. S. Nein, sagte ich. Es ist gut, sagte ich, Hin und wieder trinke ich gern einmal Tee. Also gut, sagte die S., Für Sie beide Tee und für mich eine Schokolade, und was, fragte die S., wobei sie wieder irritierenderweise uns ansah, jedoch eindeutig den Herrn Dr. S. meinte, Was trinkt mein Liebling? Kaffee, antwortete darauf der Herr Dr. S., Wie immer, Du weißt schon . . ., und die Frau S. ging in die Küche und alles war still, und wir hörten auf das Klirren und Rascheln ihrer Handgriffe, bis der Herr Dr. S. schließlich sagte: Warten wir doch auf meine Frau. Sie ist auch ganz gespannt, was Sie zu erzählen haben.

14

... plötzlich, im Hintergrund zankten sich übermüdete Kinder und ich schaute auf meine nackten, schmutzigen Füße, plötzlich, so als hätte sich das Bewußtsein ein Spiegelbild erzeugt, plötzlich war ich mir in meiner ganzen traurigen Nichtigkeit erschienen, die sich von den Nichtigkeiten ringsum, die ich, wenn ich mich meines Verstandes erinnerte, hinter mir gelassen zu haben glaubte, durch nichts unterschied, sich vielleicht gerade durch einen etwas ehrgeizigeren Ausdruck, durch ein paar geübte Formulierungen, aber dem Wesen nach sich durch nichts unterschied, und ich saß auf einem hohen, einzelnen Stein und dachte in die Hitze des Mittags hinein. Die Vögel, die morgens ihr Glück hinauspiepsten und mich vorzeitig weckten und mir nur eine Belästigung gewesen sind, tapsten jetzt matt über die Wege im Nadelgehölz. Schlaff hingen die Ruten der Weiden herab in den Bach, der in keinen See mit holden, weißen Schwänen mündete. Die Luft stand still wie in einem großen, literarischen Frieden, so daß ich meine eigene bedeutungslose Atmung vernahm, nicht hastig, aber nervös und von einer Ruhelosigkeit, der Herzschlag, der obligatorische Kreislauf, von einer Ruhelosigkeit, und dann war mir nur noch die Gewißheit im Denken, vollends in der Welt des Belanglosen verloren zu sein, das Angebot der Gegenstände, es hat mich zu einem trivialen Menschen gemacht, wie ich es zuvor niemals war und wie es trivialer nicht geht. Da war dieses dauernde Autovergleichen zum Beispiel, wie es mich beherrschte und zwanghaft bei Gebrauchtwagenhändlern anhalten ließ, dieses Aussteigen und Schauen, den Parkplatz vor und zurück, vor und zurück, immer erwägend, das Baujahr, die Fahrleistung, den optischen Zustand, den Preis, den Typ, die Farbe und die Größe und die Beschaffenheit der Sitze und Reifen, mich begann einfach alles, was zum Auto gehörte, zu interessieren, zwanghaft, ich sagte es schon, ich war so sehr gesunken und hatte nur noch Autos im Kopf. Früher, in den sehr jungen Jahren, in denen ich mich ausschließlich mit den Sinnfragen der Existenz beschäftigt habe, mit nichts anderem sonst, ich erinnere mich genau, ich beschäftigte mich nur mit Leben und Tod, früher bin ich aus Protest und einem Angeekeltsein vor den Errungenschaften der Väter, die wir, es war uns ein Nietzsche entliehenes Modewort gewesen, Philister nannten, dieses Wort, wie altvertraut klingt es aus einer Ferne herüber, früher bin ich in kein Auto gestiegen, aus Prinzip nicht, kein einziges Mal, und ich lief, weite Strecken, oder ich fuhr mit dem Fahrrad, noch weitere Strecken, aber niemals in einem Auto, das vielleicht noch unserer Familie gehörte, unvorstellbar, einfach unmöglich, allein dieser Gedanke, damals, er wäre mir wie eine Krankheit erschienen; matt scheint die Erinnerung auf, und in welche Tiefen stürzt sie mich. Dann, kurz darauf, ich hatte uns unterdessen ein besseres Fahrzeug gekauft und fuhr begeistert und geradezu süchtig durch die vergoldete Landschaft, interessierten mich nur noch Videokameras. Ich war hingerissen von dem Gedanken, all die absonderlichen Verrichtungen des Tages, die auftauchenden und wieder verschwindenden Gesichter, Bilder und Bewegungen festhalten und am Abend noch einmal abspielen zu können, früh hinausgehen, festhalten und abends abspielen und im Abspiel dem Ereignis begegnen, so stellte ich es mir vor, vielleicht sich selbst einmal sehen, indem man sich verabredet heimlich beobachten läßt, wie idiotisch man herumgeht und wie farblos man in der Menge verschwindet, oder die Liebe festhalten, die sich noch einigermaßen hinkriegen ließ und im Alter, ehe es restlos ans Sterben ginge, noch einmal ablaufen könnte, man hielte sich bei den geschrumpften, knochigen Händen und sähe sich zu, wie es einmal funktioniert haben muß und scheinbar für immer so ginge. Und man müßte, ich war wirklich aufs äußerste fasziniert, nicht mehr dieses ständige Hinterher und schließliche Verlieren der Eindrücke bedauern, es reichte, ordentlich mitzuschneiden bei halbgeöffneten Augen und dem Finger am richtigen Hebel. Aber auch andere Technik begeisterte mich, ich müßte stundenlang aufzählen, um ehrlich zu bleiben. Doch nicht nur die Technik nahm mein Interesse in Anspruch, es waren auch all die schönen Lampen und Stühle und Sessel, Liegen und Betten, wenn ich in einem Möbelhaus war, die hochmodischen Mäntel, Jacken und Hosen, Hemden und Schuhe, wie sie auf Einkaufsstraßen im Freien hingen und ausgestellt waren, und dann all die geschmackvollen Müslis und Joghurts und Quarks…, ich muß die Liste leider verkürzen, deren nur angedeutete Länge nichts als beschämend sein kann. Nur die Vorstellung des Reisens, wie sie unsere zurückgelassenen Ostnachbarn plagte und sie lange Rechnungen und Pläne aufstellen ließ, war nicht oder nur schwach in meinem Sinn, weil sich Reisen doch nur in Erinnerung auflösen, und mit Erinnerungen war ich ohnehin viel zu sehr beschäftigt und wollte sie eher ausgetrieben haben als vermehrt. Es sei denn, ich hätte, aber dafür reichte das Geld nicht, das mit ein paar gelungenen Gedichten verdient war, eine Kamera mitnehmen und alles festhalten und zu Hause abspielen können. O Abgrund, dachte ich sitzend auf einem hohen, einzelnen Stein in der Hitze des Mittags, o verlorene, geistvolle Zeit, in der meine Gedanken voller Wichtigkeit und Philosophie gewesen sind. Jetzt siehst du, gestand ich mir ein, die banalsten Filme, die es überhaupt gibt, fingerst in den allerdümmsten Zeitschriften herum, verbringst die Tage in finsterster Geistlosigkeit und Leere und gibst nur die letzten Ersparnisse aus, die du dir mit Gedankenarbeit mühsam beschafft hast. Doch einmal mochte ich all diese Ziergärten nicht, die um unser bescheidenes Leihhäuschen herum angebracht waren, ich konnte nicht hinsehen, wie sich der Vati mit einem Rollwagen voller Badeplunder zum Aufblasen den Strand entlang quälte, und ich litt, wenn ich in diesen endlosen Gängen der Einkaufsfabriken, in denen ich mich regelmäßig verirrte und die ich schweißgebadet und panikartig nur noch auf schnellste Weise verlassen wollte, etwas Bestimmtes einzukaufen hatte, dann das Gewispere der Laufkundschaft, in dem es nur noch um Zierleisten und Waschmittel ging, die die Wäsche weißer als weiß werden ließ. Oder aber, ich knipste am Morgen, doch das war ja schon ein Vorgang meines Gesunkenseins, den Fernseher an und sah die ganze Welt spielen und machte mir ernsthaft Gedanken. Auf dem einen Sender spielte man mit Fragen zum Leben der Könige und Prinzen, auf einem anderen Sender spielte man mit Gummibällchen und Plastiktrichter, und auf einem dritten wurde unablässig Tennis gespielt, sie spielen, sagte ich einem Zufallsjemand, der gerade in der Nähe war und sich meinen Zorn anhörte, das ganze Jahr und die ganze laufende Geschichte hindurch Tennis, die einen spielen das ganze Jahr und die ganze laufende Geschichte hindurch Tennis, und die anderen sehen dem Tennisspiel oder den Spielen mit Gummibällchen und Plastiktrichter oder den Fragen zum Leben der Könige und Prinzen das ganze Jahr und die ganze laufende Geschichte hindurch angespannt zu, wie jämmerlich, sagte ich, aber, wurde ich gefragt, warum schaltet man ein und sieht mit, stöhnte ich und versank in der Ahnung eines unaufhaltsamen, inneren Todes. Aber ich wehrte mich, solange ich konnte; ich blätterte in den allerdümmsten Zeitschriften und sah mir die allerschrecklichsten Sendungen an und tobte an niemanden gerichtet herum, wie dumm und schrecklich das doch sei und meinte mehr als alles den sich bis zu einem Widerwillen steigernden Unmut über mich selber, der das durchblätterte und sich das ansah und die Zeit schänden ließ. Doch wofür, ich wußte es plötzlich nicht mehr, wofür war die Zeit zu gebrauchen, wenn nicht dafür, schwerelos in ihr zu verschwinden, um in allen Spielen und Heften und Dingen sich zu verlieren und zu erstarren und in der Erstarrung der Ewigkeit so nahe zu kommen, ja, ich fühlte mich, in gewisser Weise, wenn ich stumpf und abhängig geworden in die barocke Bildwelt hinaus sah, von mir selber befreit, frei von Gefühl, frei von Liebe, Versagen und Schuld, ich konnte, von mir selber befreit, an niemandem schuldig werden. Es war, vielleicht, ein Geschenk der Freiheit, innerhalb dieser Tage, die unterbrochen waren von einem gelegentlichen Ausflug in die Wirklichkeit des erschaffenen Textes, wie er in der Schublade lag, ungebraucht und vielleicht schon ein Wortverbrechen mehr, ich wußte es nicht. Dieses Hin und Her zwischen Leere und Sinn, der sich nicht mehr wahrnehmen ließ, aber ich wollte ja wahrnehmen, aber ich lebte im Gefängnis des Anspruchs, o dieses Gehen und Sehen und sich einbilden, ohne dieses und jenes nicht mehr auszukommen, obgleich man von der Existenz eines eben entdeckten Gegenstandes nichts wußte und ihn nicht gesucht haben konnte. Dann selbst das Suchen nach Gegenständen, die man nicht gesucht haben konnte, nicht nur das Wollen, sondern auch das Suchen, das Suchen an sich, selbstvergessen, ausgelöscht. Anfänglich war ich wenigstens noch dagegen, ich ließ mich fallen und verführen und litt, gefallen und verführt zu sein, aber dann, es war ein Morgen wie alle anderen, ich erwachte zu früh vom Geschrei glücklicher Vögel, stand von meinem Nachtlager auf und schaltete, gesunken und entleert, wie ich geworden war, sofort mit dem Erwachen den Fernseher an und döste bis zum Frühstück in die jeweilige vollkommen geistlose Sendung hinein, und dieses Hineindösen nannte ich motivierendes Wachwerden, ganz im Ernst, ich muß motiviert und produktiv, informiert und umsichtig in den Tag kommen, sagte ich, eine Werbesendung lief, schön, all diese Neuheiten und Perfektionen, die die Neuheiten und Perfektionen von gestern um ein Detail übertrafen, man kann ja immer am Laufen und Bestellen und Anziehen und Wegwerfen sein, in Gedanken ging ich meinen letzten Kontoauszug durch, es war ein Morgen wie alle anderen, aber dann merkte ich es nicht mehr. Es war der Anfang des Furchtbaren, dieser Bedürfnisabfall im Kopf, aber ich merkte es nicht, ich war eine einzige noch atmende Trivialität, aber ich merkte es nicht, wie es vorherzusehen war, wie es beabsichtigt war, dieses in die Zeit hinein Verlorengehn, dieses Verschwinden, bis sich das Bewußtsein noch einmal ein Spiegelbild erzeugte. Und so schaute ich auf meine nackten, schmutzigen Füße und saß auf einem hohen, einzelnen Stein und dachte in die Hitze des Mittags hinein und klagte über mich selber.

15

... aber nicht deshalb war ich der erste, der zu ihm ins Krankenhaus ging. Die immer leidende Mutter, die mindestens zwei, nicht selten auch drei oder vier Krankheiten gleichzeitig hatte, die fast ausnahmslos sogenannte vegetative Störungen waren und den Magen und den Darm ebenso angegriffen hatten wie den Kopf oder den Hals-, Nasen- und Ohrenbereich, wobei es den Ärzten höchst unklar geblieben war, ob nun die Magen- und Darmbeschwerden oder Kopf-, Hals- oder Ohrenschmerzen usw. einen tatsächlichen Infekt zur Ursache hatten oder ob der Magen und der Darm oder der Kopf oder der Hals-Nasen-Rachenraum oder die Ohren usw. das lediglich Erfolgsorgan einer

Neurose gewesen sind oder ob gar Infekt und Neurose in Verbindung zu bringen seien usw., um die arme, leidende Mutter schließlich mehr zu überweisen als zu behandeln, so daß sie vom Internisten zum Neurologen und vom Neurologen zum Hals-Nasen-Ohrenarzt und vom Hals-Nasen-Ohrenarzt zum Zahnarzt und vom Zahnarzt zurück zum Internisten usw. geschickt worden ist, was immer mit stundenlangen Wartezeiten verbunden war mit dem lediglichen Resultat, von jedem andere Medikamente verordnet zu bekommen, deren Unverträglichkeit und Nebenerscheinungen der armen, leidenden Mutter auch noch Kreislaufstörungen und Nierenbeschwerden einbrachte, wofür nun wieder ein Urologe zuständig war, der in einem ganz anderen Ort und nur zwei Mal am Tage mit dem Bus zu erreichen gewesen ist..., Mutter jedenfalls, die ausschließlich mit ihren Leiden und Krankheiten beschäftigt gewesen ist und bei auch nur den geringsten unerwarteten Anforderungen, die indes vollkommen normale und nur für sie unerwartete Anforderungen waren, denn die Anforderungen, die sie als die normalen und an sie gestellten empfand, hießen, so es die Leiden und Krankheiten und die damit zu verbringende Zeit überhaupt noch zuließen, am Tage mehrmals den Fußboden zu bohnern und mindestens dreimal die Ziergläser zu entstauben und sofort die Kissen zu scheiteln, sobald sie jemand angefaßt oder gar benutzt hatte, was bald schon gar nicht mehr vorkam, und dies alles, obwohl sie sich schlecht fühlte und krank war und soviel Zeit in den Polikliniken zuzubringen hatte, so daß sie mehr und mehr zu der Überzeugung gelangte, daß allein die Überforderung im Haushalt und die zu große Belastung der eigentliche Grund aller Krankheiten sein müsse..., Mutter jedenfalls, die ausschließlich mit ihren Leiden und Krankheiten beschäftigt gewesen ist und bei auch nur den geringsten unerwarteten Anforderungen sofort mit neuen, schrecklichen Symptomen reagierte, mußte erwartungsgemäß völlig erschöpft und überfordert und handlungsunfähig zusammenbrechen, als es hieß: Vater sei mit einem Herzinfarkt ins Krankenhaus gebracht worden und liege auf der Intensivstation. Aber nicht deshalb war ich der erste, der zu ihm ging, ich war der erste, weil ich von allen am wenigsten dabei empfunden hatte, daß Vater zwischen Leben und Tod auf der Intensivstation lag. Zuerst aber kümmerte ich mich um die völlig überforderte und erschöpft zusammengebrochene Mutter, legte sie auf die Wohnzimmercouch, wobei ich achtgab, die in abgemessenen Bahnen gefaltete Gardine nicht zu zerzausen, verabreichte ihr ein Kreislaufmittel, deckte sie zu, schloß das Fenster wieder und ging, fuhr zu meinem Vater ins Krankenhaus und empfand annähernd nichts. Noch hatte ich kein Bewußtsein darüber, nichts oder annähernd nichts zu empfinden, spürte nur eine fast heitere Leichtigkeit in mir, eine Unbeschwertheit, die der Situation so wenig angemessen war, und ahnte mehr eine Gefühllosigkeit, als daß ich sie hätte benennen können, und es war auch weniger eine Gefühllosigkeit als vielmehr mangelnde Betroffenheit, denn die Wahrheit ist, ich litt an zu viel Gefühl, ich wollte weniger fühlen, weniger und weniger noch und immer noch weniger, als ich fühlte, es war wie eine Krankheit, ich fühlte zu stark, es war wie eine zusätzliche Strafe innerhalb einer Situation, in der zu fühlen nur eine Strafe sein konnte, ich war zu einem Fabrikleben verurteilt worden und erkannte, daß ich zu stark und zu viel und zu nachhaltig fühlte, und ich heulte darüber, ich heulte über meine Situation und ich heulte, weil ich meiner Situation unangemessen viel fühlte, ich heulte manchmal stundenlang darüber, zu stark und zu viel und zu nachhaltig zu fühlen, ich kam aus der Fabrik und lief nach Hause und heulte den ganzen Weg über, ich heulte so sehr, daß ich keine Fahrzeuge mehr sah und keine Menschen mehr erkannte und nur noch ein einziges Heulen und Schluchzen war. Du hast zu viel, entschieden zu viel Gefühl für diese Hinrichtungstage, sagte ich mir den ganzen Weg über vor mich hin, denn ich habe jeden Tag in dieser Zeit als einen Hinrichtungstag empfunden, jede Stunde und jeder Augenblick war mir eine Hinrichtungsstunde und ein Hinrichtungsaugenblick gewesen, ich habe diese ganze Zeit nur als eine Hinrichtungszeit empfunden. Es ist mangelnde Betroffenheit gewesen, nicht Gefühllosigkeit, aber ich dachte, auf der Suche nach der Station, auf der mein Vater auf Leben und Tod lag, es sei Gefühllosigkeit, als ich die für mich in dieser Zeit vollkommen unübliche Leichtigkeit und Unbeschwertheit in mir entdeckte, ich schämte mich und begann, mir Mitleidgefühle einzureden, denn es sei doch beschämend, dachte ich, während ich lief, irrte, die Gänge herauf und herunter, die Stockwerke herauf und herunter, in die Bettenhäuser hinein und aus den Bettenhäusern heraus, es sei doch beschämend, so wenig Mitgefühl zu besitzen und eher noch unbeschwert zu wirken als trauernd und besorgt. Du wirst hereinkommen in das Krankenzimmer einer Intensivstation, in dem dein Vater auf Leben und Tod liegt, oder du stehst vor einer Glaswand und winkst hinein, und jeder wird auf der Stelle merken, daß du fast nichts empfindest, so daß sich jeder sofort fragen wird, wer du eigentlich bist und was du bei dem Patienten zu suchen hast und in welcher Verbindung du überhaupt zu ihm stehst, und niemand wird wissen, daß es nicht Gefühllosigkeit, sondern fehlende Anteilnahme und gebrochener Kontakt ist, niemand wird wissen, daß du in Wirklichkeit an zu viel Gefühl leidest und daß du aus diesem Zuviel an Gefühl heraus in die innere Leere gefallen bist, die eine angefüllte Leere ist und in einem Leiden an Leere mündet, das nicht zu sehen ist und mit Leichtigkeit und Unbeschwertheit verwechselt wird, mit Oberflächlichkeit und zynischer Kälte, dachte ich, während ich das Krankenzimmer suchte, in dem mein Vater auf Leben und Tod lag. Niemand wird wissen, sagte ich mir, daß der Mann, vor dem ich in sichtbarer Empfindungslosigkeit stehen würde so, wie nicht einmal ein Kollege oder Nachbar vor ihm stehen würde, wie etwa ein Schneemann vor einer Friedhofsmauer steht, aber nicht, wie ein Sohn vor seinem Vater steht, daß dieser Mann selbst, bis zu diesem Tag vielleicht, bis zu diesem Sturz tief in sich hinab, voller verhinderter Gefühle und fehlender Anteilnahme ist, die schließlich nichts anderes hervorbringen kann, denn niemand, dachte ich im Gehen, kann erwarten, daß er geliebt werden würde, wenn von ihm nur Nichtliebe ausginge, daß er ein Mitgefühl bekäme, wenn er selbst ohne Mitgefühl bleibt, daß er im Sturz tief in sich hinab im anderen eine Betroffenheit auslösen könnte, wenn er selbst ohne Betroffenheit geblieben war, wo sie gebraucht worden wäre. Alles, dachte ich im Gehen, hat er dir zerstört, was du gerade zu lieben begonnen hattest, ich bekam Fotos geschenkt, aber es waren feindliche Fotos, und er hat sie zerrissen, ich las Bücher, die feindliche Bücher waren und die er verbrannte, ich trug die Haare zu lang und den Schal zu lässig und die Mütze zu weit in die Stirn gezogen, die Haare hatten immer in der Länge eines Streichholzes zu sein, und der Schal hatte in einem einfachen Überschlag auf der Brust unterhalb des Mantels zu liegen, und die Mütze mußte mit ihrem Rand die Augenbrauen bedekken, ich hatte eine kranke Haltung, eine fehlerhafte Aussprache und einen schlechten Charakter, später wird er selbst meine Erfahrungen beschimpfen und meine Erinnerungen bezweifeln und das Gedächtnis mir stehlen, ich werde ihm sagen, daß mich sein Brief, den er mir schickte, nicht erreicht hat, da mich zur Zeit überhaupt keine Post erreiche, und er wird mich lügend nennen und das Gesetz eines Postgeheimnisses zitieren, ich werde ihm sagen, daß meine Telefongespräche abgehört würden, und er wird mich für verrückt erklären, und wiederum eine Zeit später wird er die Menschen verfluchen, die ihm so viele Sondereinsätze bringen, weil sie sich zu Demonstrationszügen auf den Straßen versammeln, er wird den affektiven Protest für eine ungeeignete Form der Auseinandersetzung halten und mit den verängstigten Funktionären der Meinung sein, daß man die Leute erst einmal von der Straße wegholen müsse und daß es sich offensichtlich um eine fremdgesteuerte Konterrevolution handele, um bald schon den sogenannten *revolutionären Gehalt* zu entdecken und die Veränderungen richtig zu finden und zu sagen, daß es so nicht weitergegangen wäre und daß man betrogen worden sei von einer *Verbrecherclique* und daß man nur seine Pflicht getan habe und daß er sich jetzt freue, wenn er am postfreien Sonntag hinuntergehen könne und die Stadtausgabe der BILD zu kaufen bekäme, während mir alle Demütigungen einfallen werden, weil ich mir Fotos schenken ließ, die feindliche Fotos waren, und weil ich Bücher las, die feindliche Bücher waren, und weil ich die Haare zu lang trug und den Schal falsch umband und die Mütze nicht richtig aufgesetzt hatte und eine kranke Haltung und eine fehlerhafte Aussprache und einen schlechten und staatsfeindlichen Charakter besaß, weshalb ich mir meine Erfahrungen beschimpfen und meine Erinnerungen bezweifeln und mein Gedächtnis stehlen und mich lügend nennen und mich für verrückt erklären lassen mußte. Ich werde ihm gegenübersitzen und ein Wort der Entschuldigung erwarten oder nicht einmal der Entschuldigung, ich werde nur einen leisen Anflug des Zweifels und der Selbstunsicherheit erwarten, aber ich werde nur in primitiver Ausführung zu hören bekommen, wofür ich einmal geschlagen und ausgewiesen und verurteilt worden bin, und ich werde hören, daß man, er wird *man* und nicht *ich* sagen, lediglich seine Pflicht getan hat und daß überhaupt die kleinen Leute, er wird sich zu den *kleinen Leuten* rechnen, keine Verantwortung haben können, und ich werde aufstehen und für immer hinausgehen und nicht einmal ein Mitgefühl empfinden, da ich Mitgefühle ihm gegenüber nicht ausbilden konnte und da er zuviel Macht gehabt und mit dieser Macht zuviel angerichtet hat und es nur eine Art von Selbstmord sein kann, diese Macht mit einem Mitgefühl zu honorieren und sie damit ungewollt schon wieder möglich zu machen. Und so ist mir dieses Gehen die Korridore der Krankenstation entlang endlos erschienen, und mitunter blieb ich für längere Zeit stehen und sah aus dem Fenster in den brüchigen, mit Gerätschaft und Abfall verstellten Park, dessen wenige Bäume und Sträucher in ihrer jahreszeitgemäßen Hinfälligkeit gemein auf mich wirkten. Ein kleiner, gefrorener Weg führte durch das Gelände und verband die beiden Haupthäuser miteinander, in deren jeweiligen Untergeschossen die Toten lagen. In Richtung meines Blickes trugen zwei Männer einen Zinksarg, auf dessen grauer Oberfläche das Sonnenlicht matt reflektierte. Aber dieses Bild begriff ich nicht, ich lief weiter, oder ich stand noch, ich wartete auf ein Gefühl, auf ein Ende der Leere, die schmerzte, ich lief, ich irrte, ich war auf der Suche nach meinem Vater, den ich nicht finden wollte. Ich war auf der Suche nach einem Raum, in dem die Aussprache stattfinden sollte, in dem der Antrag meines nazierzogenen Lehrmeisters auf Exmatrikulation entschieden werden sollte, weil ich das Kollektiv verdarb und ein schädliches Element gewesen bin, das schädliche Ansichten vertritt und überall stört und die paramilitärische Ausbildung verweigert und die sozialistischen Errungenschaften nicht ehrt und den wissenschaftlich-technischen Fortschritt anzweifelt und überhaupt nur als feindlich anzusehen ist, was wohl von einer zweifelhaften Lektüre zeugte, die zu besitzen oder zu lesen man sich bei einem so vorbildhaften und angesehenen Vater gar nicht erklären könne, dessen Stellung und dessen

Person eine ernsthafte Beschädigung erführe, würde es nicht schlagartig besser werden mit mir, von einem Tag auf den anderen, um 180 Grad, und dann seien es ja auch noch die Arbeitsergebnisse, nicht nur unbefriedigend, sondern gar nichts, so daß er, hieß es, keinerlei Prüfungschancen hat und überall durchfallen wird und auch schon überall durchgefallen ist, was mit der schädlichen Einstellung und der schädlichen Lektüre in direktem Zusammenhang gesehen werden müsse, wie auch sein Verhalten, sein ignorantes Auftreten und sein verbildetes Denken in direktem Zusammenhang mit einer schädlichen Lektüre gesehen werden müsse, und dann sei noch eine trübe, gedrückte Grundstimmung anzuführen, die an keine dem Leben und der Zukunft zugewandte, sozialistische Schuleinrichtung gehöre und die eine Arbeiterweihe gänzlich unmöglich mache, und da habe ich schon dabeigesessen. Vorher habe ich auf einem Fenstervorsprung gewartet, dachte ich im Gehen auf der Suche nach dem Krankenzimmer, in dem mein Vater auf Leben und Tod lag, ich habe, nachdem ich angeklopft hatte und durch einen geöffneten Türspalt meinen Vater neben den Leuten, die ich damals nur Gehirnsklaven nennen konnte, sitzen sah, gewartet. Eine Sekretärin verwies mich auf einen Fenstervorsprung und sagte, daß ich aufgerufen würde, und ich setzte mich auf den Fenstervorsprung und wartete und hörte auf die Stimmen hinter der Tür und wußte, daß diese Stimmen hinter der Tür über meine Biographie herrschen und daß sich diese Herrschaft durch nichts außer Kraft setzen ließe und daß nicht nur hinter dieser Tür über meine Biographie geherrscht werden würde, sondern daß in dem ganzen Land hinter solchen Türen über Biographien geherrscht wird. Wohin man auch käme, dachte ich, überall würde man in seiner Biographie beherrscht sein, überall würde man auf Fenstervorsprüngen sitzen und warten, durch welche Verfügung über einen geherrscht wird, so daß es Biographien nur noch in der Kontinuität von Verfügungen gibt, die in sogenannten Aussprachen getroffen werden würden, deren Realität immer die Verfügung sein wird und deren Sprechen immer ein Herrschaftsverhältnis ausdrückt und den Angesprochenen leblos macht und abwesend in seiner Sprache und ihn nur benötigt, um die eigene Sprache in eine zumindest scheinbare Sinnbeziehung zu setzen, damit sie gesprochen werden kann. Diese sogenannten Aussprachen, dachte ich im Gehen, waren rhetorisch umschriebene Verfügungsinstrumente, deren gehaltloser Zeichenwert gerade für Kaderakten gut genug war, auch mein Vater benutzte diese Aussprachen und wollte nichts als verfügen und seine Sprache hören und ihr den Glanz einer scheinbaren Sinnbeziehung verleihen, wir müssen uns aussprechen, sagte er, wir müssen eine Aussprache führen, sagte er, wir haben lange keine Aussprache geführt, sagte er und wollte mich nichts als leblos und abwesend erleben, ganz so, wie ich jetzt von diesen Leuten als leblos und abwesend erlebt werden sollte. Und da war dieses Zu-viel-Gefühl-Haben wieder, das ich haßte und das ein Druck im Hals gewesen war und gegen das ich ankämpfen mußte, um nur sehr dumpf und wie aus einer Ferne die Stimmen zu hören, die von Rücksicht gegenüber der Stellung und der Person meines Vaters sprachen, obgleich freilich eine schwere Erziehungsarbeit geleistet werden müsse, da ich zunächst nur zur Spreu gerechnet werden könne und eigentlich Ausschuß und schädlicher Rest sei und verwiesen oder gleich auf die Müllhalde gehörte, nur sehr sehr dumpf und wie aus einer Ferne für mich zu hören, der ich in der hintersten Bankreihe des Klassenzimmers saß. Ich habe in der hintersten Bankreihe des Klassenzimmers zu sitzen gehabt, so daß ich laut ja und nein sagen mußte, immer nur ja oder nein, die Aussprache, die ich erlebte, ließ immer nur ein Ja oder ein Nein für mich übrig, wobei auch das Ja und das Nein vorbestimmt war, sie redeten, da ich in der hintersten Bankreihe des Klassenzimmers saß, laut auf mich ein, und ich konnte nur ja dazu sagen oder nein, und dieses Ja oder Nein hatte ich laut zu sagen, da ich in der hintersten Bankreihe des Klassenzimmers saß, und wenn ich das Ja oder das Nein nicht laut genug gesagt hatte, habe ich es wiederholen müssen, und immer, wenn ich ja zu sagen hatte oder nein oder zum zweiten Mal ja oder zum zweiten Mal nein, mußte ich aufstehen und mußte laut ja sagen und laut nein sagen und mich laut ansprechen lassen, da ich, wenn ich nicht gerade *er* war, über den gesprochen wurde und der in der Zeit, in der über ihn gesprochen wurde, seine Abwesenheit zu verstehen hatte, in der hintersten Bankreihe des Klassenzimmers zu sitzen gehabt habe, und dort habe ich gesessen, weil ich das Letzte, das Allerletzte war, das es in dieser Schule, an die ich nur als an eine Beschädigungsmaschine denken kann, je gegeben haben soll, dachte ich im Gehen. Und mein Vater, dachte ich im Gehen, hat neben diesen Leuten gesessen und ihnen gestenreich beigepflichtet, er hat nichts gesagt, er war so sehr gedemütigt durch die Situation, für die er mich und meinen verdorbenen Charakter und meine schädliche Haltung und mein feindliches Denken verantwortlich machte, daß er nichts sagen konnte, und ich weiß nicht, ob er gestenreich beipflichtete, weil er die Ansichten über mich teilte, oder ob er gestenreich beipflichtete, um versöhnend zu wirken, aber auch das spielte keine Rolle mehr für mich, ich saß allein in der hintersten Bankreihe des Klassenzimmers, und ich war so sehr allein, dachte ich im Gehen, daß es gar kein Gleichnis dafür gibt, ich war allein mit meinem Körper und mit meinem Zuviel an Gefühl und mit der Erfahrung, allein in der hintersten Bankreihe des Klassenzimmers zu sitzen, daß ich mir sagte, daß ich niemals meinen Sohn, wenn ich jemals einen Sohn haben sollte und wenn er in eine Lage wie diese geriete, um sich von Leuten, die man nur als Instrumente einer Beschädigungsmaschine begreifen kann, als negatives Element behandeln zu lassen, daß ich niemals meinen Sohn allein in der hintersten Bankreihe eines Klassenzimmers sitzen lassen würde, daß ich ihn überhaupt nicht allein sitzen lassen würde, ob es nun in der hintersten oder einer mittleren oder einer vorderen Bankreihe wäre, ich würde ihn niemals, dachte ich, als ich in der hintersten Bankreihe zu sitzen gehabt habe, dachte ich im Gehen auf der Suche nach dem Krankenzimmer, in dem mein Vater auf Leben und Tod lag, so sehr allein lassen, wie ich allein gelassen worden war, ich würde, dachte ich, ihn niemals so sehr entwürdigen lassen, und ich würde eine Aussprache wie diese, die nur eine Kränkung und Gemeinheit gewesen war, ganz entschieden verweigern, oder ich würde mich zu ihm in die hinterste Bankreihe gesetzt haben, das wußte ich genau in diesem Moment, und es war, dachte ich im Gehen, nichts anderes als fehlende Anteilnahme und mangelnde Liebe gewesen, die es meinem Vater ermöglicht gehabt hat, mich so behandeln zu lassen und neben den geistestoten Leuten sitzen zu bleiben und ihnen gestenreich beizupflichten, und dann war mir am Ellenbogen der Schorf, an dem ich versehentlich gekratzt haben mußte, aufgerissen, und aus der Wunde floß Blut meinen Unterarm entlang, ich fühlte es als ein warmes, am Hemdärmel klebendes Rinnsal. Mir war unterdessen vollkommen egal, was über mich verfügt werden würde, ob sie mich in die Hilfsarbeiterschaft schickten oder in der Lehranstalt beließen, um der Stellung und der Person meines Vaters nicht zu schaden, mir war es egal, ob ich in ihren Augen Dreck war und weniger noch und nur ausgelöscht zu werden gehörte oder eine sogenannte Gelegenheit zur Bewährung erhalten würde, die nur eine erneute Form der Erniedrigung sein konnte, die Tage würden ohnehin nur Hinrichtungstage für mich sein, sagte ich mir, und die Situationen nur Hinrichtungssituationen, dieses Leben ist verloren, sagte ich mir, sobald man in diese Fabriken gerät, in denen man bis zum geistigen Tode festgehalten wird, und es war mir gleichgültig, ob mein Leben als eine Gelegenheit zur Bewährung verloren sein würde oder durch eine Hilfsarbeiterschaft, nur dieses Blut, das meinen Unterarm entlanggelaufen war und von innen am Hemdstoff klebte, sollte niemand zu sehen bekommen, dachte ich im Gehen, die Gänge herauf und herunter, die Stockwerke herauf und herunter, in die Bettenhäuser hinein und aus den Bettenhäusern heraus, ohne Mitgefühl, ohne Empfindung. Ich habe mich sofort zu ihm auf den Weg machen können, weil ich in eine innere Leere geraten war, als es hieß, Vater habe einen Herzinfarkt erlitten, aber ich habe, da ich an einem Zuviel an Gefühl litt, die plötzliche Leere sehr bald bemerkt und gewußt, daß ich nur deshalb unverzüglich und fast ein wenig heiter losgehen konnte, um beschämt gewesen zu sein und lange, lange gesucht zu haben, um vermutlich mehrere Male an dem Krankenzimmer, in dem mein Vater auf Leben und Tod lag, vorbeigegangen zu sein, denn ich suchte nicht eigentlich ihn, ich suchte eine Empfindung für die Situation, in der er sich befand, ich lief und irrte und blieb plötzlich für unbestimmte Zeit stehen, ohne mein Stehengebliebensein bemerkt zu haben, oder ich lief, ohne mein Wiederlosgelaufensein zu bemerken, ich lief und fühlte, ich wäre stehengeblieben und würde durch das Fenster auf die verdorbene Parkanlage sehen und stand dann tatsächlich wieder am Fenster und sah auf die verdorbene Parkanlage und fühlte, ich würde laufen, suchen, aber ich suchte nicht, ich wartete, oder ich irrte, aber ich suchte nicht, ich wartete, auf eine Anteilnahme, eine Regung des Gefühls, ich wollte in einer Betroffenheit und einer Empfindung vor ihm stehen, aber ich würde, spürte ich, nur wie ein Schneemann vor einer Friedhofsmauer stehen, ich gab auf, ich zog mich auf die Scham zurück und gab schließlich auch die auf, ich hielt mich nur noch an meinen Auftrag, der vollkommen überforderten, leidenden Mutter diesen Gang abzunehmen und die zwei Flaschen Saft und den Apfelmus und die Blumen zu bringen, die Blumen der Abweisung und der Ausgrenzung waren. Wir machen Geschenke, dachte ich, um besser unsere mangelnde Betroffenheit zu verbergen und ein Mitgefühl abzuwehren und jene Distanz herzustellen, durch die das Leiden des anderen das Leiden des anderen bleibt und die ein Geschenk stellvertretend verkörpert, denn das Geschenk ist der kalte Ersatz der Berührung, dachte ich, als ich nun vor ihm gestanden habe, ohne Betroffenheit und ohne Mitgefühl und ohne Sprache und ganz ohne Liebe, ich war von einer vollkommen überforderten, leidenden Mutter beauftragt worden und führte diesen Auftrag aus, ich sagte: guten Tag, stellte die Saftflaschen ab und das Obstglas, gab die Blumen in die Vase und stellte die Vase zu ihm auf den Nachttisch und fertig. Ich empfand nichts, ich empfand lediglich, wie die Scham darüber, nichts zu empfinden, von mir gegangen ist, um schließlich nur noch zu empfinden, nichts zu empfinden, ich war leer, ich hatte nicht ein einziges Wort für ihn übrig. Es gab keine Worte für diese Situation, es hat nie und für keine Situation Worte zwischen uns gegeben, es hat immer nur Aussprachen zwischen uns gegeben, und so haben wir auch nicht gesprochen, wir haben eine lautlose Aussprache geführt, nur daß diesmal, wie vordem immer er auf mich, ich auf ihn herabsehen konnte, eine andere Perspektive der Kälte und der Beziehungslosigkeit, die mir ein Triumph war, eine Entschädigung. Es ist schwierig, darüber zu sprechen, und ich erinnere mich schlecht, nur an das Licht erinnere ich mich, wie es vom Gang in das Zimmer schien, einen Lichtkegel bildete, der von der Glastür ausgegangen war und den kleinen, mit medizinischen Geräten vollgestellten Raum in einen helleren und einen dunkleren Teil trennte, und es ist das Licht meiner Kindheit gewesen, erinnerte ich mich, aber heute konnte ich von der helleren Hälfte des Raumes in die dunklere Hälfte des Raumes gehen, früher, erinnerte ich mich, mußte ich immer vom Dunklen ins Helle gehen, Vater saß am Ende des Raumes an seinem Schreibtisch in der Helligkeit des Tageslichtes, das durch die Fenstertür fiel, oder im Schein der Schreibtischlampe, durch den er einen Schatten auf die hinter ihm ausgebreiteten Bücher warf, und ich stand in der Tür und ging vom Dunklen ins Helle auf ihn zu und vom Hellen ins Dunkle von ihm weg, heute aber ging ich vom Hellen ins Dunkle auf ihn zu und würde vom Dunklen ins Helle von ihm weggehen, und dieses Gefühl, erinnere ich mich, vom Dunklen ins Helle von ihm weggehen zu können, war mir von einer Wichtigkeit, wie es sie in diesem Zusammenhang nie wieder für mich gab, schon daß ich vor ihm stand und daß er vor mir lag, war mir wichtig, erinnere ich mich, noch wichtiger aber war, erinnere ich mich, vom Hellen ins Dunkle auf ihn zuzugehen und vom Dunklen ins Helle ihn zu verlassen. Aber ich muß noch erzählen, Vater wollte nie krank sein, eine Krankheit gehörte zur Schattenseite der Existenz, die er berufsbedingt bekämpfte, eine Krankheit verriet die Besiegbarkeit und schließliche Hinfälligkeit des Körpers und den Tod, aber Vater war ein aufgeklärter, an die Kraft der Vernunft glaubender Mensch, dessen Wille alles zu beherrschen imstande ist und die Gesetze der Natur außer Kraft setzt, es ist eine Art Rebellion gegen die Vergänglichkeit gewesen, und er war, soweit ich mich erinnere, niemals ernsthaft krank, oder er verweigerte sich der Krankheit und ging selbst mit Fieber ins Polizeibüro, um auch von mir zu verlangen, gegebenenfalls mit Fieber in die Fabrik oder in die Schule oder zum Sport zu gehen, und so trug er seine Unerschütterbarkeit vor sich her und demonstrierte die Kraft der Vernunft und des Willens über das Leben. So zwang er die Schattenseite der Existenz in die Lichtseite der Existenz, berufsbedingt kümmerte er sich um die Schattenseite der Existenz, und berufsbedingt überführte er deren Elemente, und berufsbedingt argumentierte er mit der Lichtseite der Existenz, die die Schattenseite der Existenz beherrscht, so wie der Wille den Körper und die Vernunft die Unvernunft und das Gesetz das Verbrechen beherrscht, er war vor lauter Krankheitsverweigerung ganz krank gewesen und hatte kranke Vorstellungen und kranke Gedanken, aber was das Traurigste war, daß er zwar ein aufgeklärter, an die Kraft der Vernunft glaubender Mensch gewesen ist, aber nicht über ein Wort eigene Sprache verfügte, durch die er ein aufgeklärter, an die Kraft der Vernunft glaubender Mensch hatte sein können, er ist derart sprachlos gewesen und hat die ganze Sprachlosigkeit der Gesellschaft wiederholt, daß er tatsächlich immer nur auf Überführungen hinauslaufende Aussprachen führen konnte, er konnte nie ein Gespräch führen, er konnte immer nur Aussprachen führen, und selbst wenn er das Bedürfnis gehabt hat, ein Gespräch zu führen, so ist es ihm immer entglitten und eine Aussprache im Sinne einer Überführung geworden, und diese Sprachlosigkeit, die eine angeeignete und wiederholte Sprachlosigkeit der Gesellschaft gewesen ist, in der er ein besonders Beauftragter war, diese Sprachlosigkeit trennte alle Vernunft, an deren Kraft er glaubte, von ihm ab, und sie riß ihn in die ganze Tiefe der jetzt erlebten Krankheit. Nun war er auf die andere Seite der Existenz gestürzt, auf der es nur Krankheiten und Verzweiflungen und Verbrechen und Niedergang gab, und es war durch nichts zu verhindern, daß er auf die andere Seite der Existenz gestürzt wurde, kein Wille und keine Vernunft und kein Gesetz und keine Ordnung waren stark und geeignet, diesen Sturz zu verhindern, er hatte seine ganze Ohnmacht zu begreifen, und er hatte die ganze Ohnmacht des Menschen vor sich selbst zu begreifen, und er hatte kein einziges

Wort, über diese Ohnmacht zu sprechen, so daß er zum allereinsamsten Menschen geworden ist und so sehr allein war, daß es kein Gleichnis dafür gibt. Das Bild, das er verkörperte, war mit seinen Tränen, die ein Gespräch mit mir waren, unwiederbringlich zerstört, und er ist mir in dieser allergrößten Verzweiflung und dem grenzenlosen Alleinsein so sehr nahegekommen, wie niemals zuvor und niemals danach, ich habe, erinnere ich mich, gefunden, was ich suchte, aber es war, erinnere ich mich, nur eine Sekunde, aber ich hatte, erinnere ich mich, auch kein Gefühl für eine Sekunde, so daß es auch eine Minute gewesen sein kann oder länger als eine Minute, aber dann war mir am Ellenbogen der Schorf, an dem ich versehentlich gekratzt haben mußte, aufgerissen, und aus der Wunde floß Blut meinen Unterarm entlang, ich fühlte es als ein warmes, am Hemdärmel klebendes Rinnsal, während ich auf einem der Korridore stand und durch das Fenster in den abgestorbenen, mit Gerätschaft und Abfall verstellten Park sah, durch den ein kleiner, gefrorener Weg führte. Und in Richtung meines Blickes trugen zwei Männer einen Zinksarg, auf dessen grauer Oberfläche das Sonnenlicht matt reflektierte, erinnerte ich mich. Aber dieses Bild deutete nichts, dachte ich im Gehen.

16

... ich dachte ungern daran, und hätte es eine Möglichkeit gegeben, den Gedanken loszuwerden, ich hätte sie genutzt. Doch Gedanken wird man nicht los, so wie man das Wissen nicht los wird, das Bescheidwissen, das Gesehen- oder Gehörthaben, das Gewußthaben, nichts wird man tatsächlich los, es lastet auf einem, im Kopf, im Gewissen, von Jahr zu Jahr mehr, von Zeit zu Zeit belästigender, als Erinnerung oder als Wiederkehr des Verdrängten, wie es heißt, und dann erlebt man es symbolisch noch einmal, vielleicht eindringlicher, vielleicht schmerzlicher noch, die Realität oder das, was wir für Realität halten und wie sie sich vor unseren Einbildungen permanent auslöscht. Aber das gehört gar nicht hierher, das ist schon wieder der Versuch, den Gedanken daran loszuwerden, ihn nur anzukündigen und dann anderes davorzustellen, um ihn so vergessen zu machen. Eine verbaute Tür sozusagen, ein Ausweichmanöver, der sich in die Länge ziehende Satz zum Beispiel, der sein Ende nicht findet, da er *das* nicht aussprechen kann, was er aussprechen sollte, oder der es dann doch ausspricht, es aber, durch einen syntaktischen Trick, sorgsam versteckt hält, etwas in die Rede bringen und es redend unsichtbar werden lassen: eine Scheu, eine Ängstlichkeit beim Sprechen, ein Ausweichmanöver, ich sagte es schon, und daß es hierher nicht gehört. Doch es nützt nichts, die Wahrheit ist, ich fuhr natürlich nicht der Landschaft halber nach Böhmen, wie ich es erklärte, Landschaften interessieren mich wenig, Berge, Wälder oder Wiesen, nur langweilig für mich. Die Natur macht mich hilflos und zeigt mir, wie einsam ich bin, und dann komme ich heim und sehe nur den Schmutz an den Füßen, die Schönheit eines Schwanes im See, ich verstehe sie nicht und kann sie gut tauschen mit einem anderen Bild. Ich fuhr, um einmal die mir bis dahin unmöglich gebliebene Erfahrung zu machen, aus dem *Westen* in den *Osten* zu kommen. Ich war voller Neugier und Lust darauf und bald schon bestürzt, ich wollte, wo nun dieses kleine, heruntergekommene Land meiner Herkunft – ich habe fast schon dessen Namen vergessen und sah es ohnehin von dem Ort meines Aufenthaltes aus nicht – das geworden war, was früher »Intershop« hieß, die Wirklichkeit des Ostens aus der anderen Perspektive sehen, ich wollte von der anderen Seite kommen, von Bahnhof Zoo nach Bahnhof Friedrichstraße fahren, ich wollte herausfinden, wie man das empfunden und was man dabei gedacht haben mag über die obszönen Witze hinaus, die sich ein paar Industrieleichen auf den Messeheimreisen in den Flugzeugen erzählten. Vom *Osten* in den *Osten* zu reisen war nur öde und kränkend, ich erinnere mich, entweder fehlte es an Geld, oder ein Badestrand war nur Westreisenden zugänglich, oder das Bier wurde einem wieder aus der Hand gerissen, wie ich es in Moskau erlebte, weil man, wie es anders nicht möglich gewesen war, lediglich über Rubel verfügte..., nein, ich weigerte mich bald schon, noch einmal in ein Ostland zu reisen und doch nur von der einen zur anderen Gefängniswand zu gehn. Dann der Ausnahmezustand, der Schritt über die Grenze ins verbotene, als Gefahr und Verlockung zugleich fantasierte, unheimlich andere deutsche Land, das ziellose Gehen und Schauen und gelegentliche Stolpern, diese Beleidigung, in einen solchen gereizten Zustand geraten zu können, das plötzliche Wissen, das Wissen, das man nicht wieder loswerden kann, und dann das Verstummen, ab Eisenach, ab Herleshausen, in die eine, in die andere Richtung, dieses Schweigen, das seinen Text noch nicht kennt. Das beschwerte Gewissen, weil es einem erlaubt war, die Demütigung, daß es einem erlaubt werden mußte, im Rükken der Argwohn und das Wettenabschließen, ob man oder ob man nicht zurückkommt, ob man oder ob man kein Idiot ist, das Überlegen, Erwägen, Zögern, die Feigheit und zugleich die Hoffnungslosigkeit, wieder nur lediglich die verschiedenen Formen von Fremde zu tauschen und von Alleinsein, denn die Existenz gestaltet sich von innen und hat keinen Fluchtort, die Liebe und die enttäuschte Liebe, das Altern, die Krankheit, der Tod, dieser Brief, der jeden an jedem Ort erreicht..., ehe man abermals vom Genughaben eingeholt wurde..., dieses Einpacken und wieder Auspacken der Sachen, ganze Jahre hindurch, ein ganzes Denkenkönnen hindurch, eine Begleitmusik zu jeder Bewegung, der geplante und wieder verworfene Abgang und die abertausenden Abgänge, die man im Kopf und im Empfinden vollzog, und das Irritiertsein, daß etwas anderes tränenlos weinte... Aber nun kam ich von der anderen Seite der Welt, nun fuhr ich mit einem japanischen Fahrzeug durch die verrottete tschechische Gegend und sah nichts als Bruch durch das braungetönte Glas meiner Karstadtbrille, wie erbärmlich, dachte ich immer, wie kaputt. Jetzt erst wußte ich, aus welcher Not heraus die karge Verwandtschaft log, wenn sie sich in den Osten verirrte und Begriffe von *urwüchsig* über *originell* bis *romantisch* gebrauchte, um dadurch die Scham abzuwehren, durch einen Zufall auf die andere Seite der Elbe geraten zu sein; *Scham*, sagte ich, es war Scham, die der Blick auf die Dinge erzeugte, man hätte vorbei und in die Luft sehen wollen, die Konfrontation mit den Bildern war nichts als gemein, ich wollte diese Bevorzugung nicht und begann, meine Fahrt auf zerlöcherten Straßen und an gerissenen Wänden und verfallenen Häusern vorbei nur noch zu hassen. Es war eine Rückkehr in die Gegend der Herkunft, eine Heimkehr oder was man dafür halten kann, aufbereitete Vergangenheit und Sichtbarwerdung des Schäbigen, das einen ein halbes Leben lang umgab und die zynische Etikette eines historischen Sieges trug. Als würde die Ursache der Wirkung erst folgen, kehrte aus der beschriebenen Zukunft die Sprache der Väter zurück, und wie sie es Fortschritt nannten, was schon Symptom war und krank werden ließ, die Zukunft, die krank werden ließ und einen augenblicklich erreichte, ich fuhr, es war ein Spiegellabyrinth, in dem ich mich bewegte, ich war ein anderer, ich war kein anderer, ich wollte ein anderer sein, und ich bin kein anderer gewesen, ich fuhr und ich haßte. Die Geschichte, die schon fleißig übermalt war, hier holte sie sich in die Gegenwart zurück, die Erbärmlichkeit und die Kaputtheit, die in der ostdeutschen Landschaft schon mit

Farbe und hohen Versprechen ersetzt war und sich ins Vergessen zu bringen und mit einer anderen Erbärmlichkeit und Kaputtheit, die sich hinter Modeanzügen versteckt hält, auszutauschen begann, hier zeigte sie sich ganz ohne Gnade und erzählte davon, wer man gewesen, wo man hergekommen war. Es war ein Gefühl der Entblößung, alles erkannte ich wieder, alles verstand ich, die Leute, wie sie sich einen Kaugummi erst einmal aufgehoben haben und an meinem Pfeifentabak rochen, ich kannte sie von früher, ihre verbrauchten, grauen Gesichter waren mir vertraut, ihre schlechte, steife Kleidung hatte ich gesehen und ihren traurigen Gang verfolgt, ich spürte den Rhythmus ihres Lebens wie meinen eigenen Herzschlag, und ich ahnte die Kraft, die es kostete, würdevoll und frei zu erscheinen. So habe ich mich nur noch wie ein Tourist des Elends empfunden, der aufstehen und seine Sachen und Dinge, durch die er ein anderer geworden war, eintauschen wollte, um den Blick von seiner Gemeinheit zu befreien, doch es gab kein Entkommen mehr, und sie, die neben mir saß, legte sofort ihre Hand auf mein Knie, als sie mich deutsch sprechen hörte. Von nun an war jede Geste eine Unterstellung und jeder Satz eine Lüge und jede Absicht verdorben, ich nannte mich anders, ich erfand mich, ich war in eine solche Traurigkeit gestürzt, daß ich nur noch Körper sein wollte. Ich sah die Unbeholfenheit, mit der sie sich die Wangen, Lippen und Augenwimpern gefärbt hat, um einem solchen miesen Kerl, wie ich es zu sein gehabt habe, zu gefallen, ich sah die Zeitlosigkeit und Armut darin, die vielleicht zwei, vielleicht drei kleinen Kinder, die mit ihr ein Doppelbett teilten, ich sah, wie ich für sie nur noch das Geld war, das ich ohne mein Zutun besaß und das für eine physische Dienstleistung in ihre Handtasche zu wechseln hatte. Und auch sie war nur das Geld, das sie verdienen wollte, wir waren beide nichts wert in diesem Moment, und so begegneten wir uns in unserer ganzen Nichtigkeit und Verlassenheit vor der Welt. Eben noch haspelte ich mein schlechtes Englisch vor mich hin, das sie noch schlechter verstand als das Deutsch, denn ich wollte so unverständlich wie möglich sein und ein anderer bleiben und alles erfinden und durcheinanderbringen und verwirren und alles Erfundene und Durcheinandergebrachte und Verwirrte so falsch und so unverständlich wie möglich aussprechen. Ich gab mir einen falschen Namen und eine falsche Geschichte und erklärte den falschen Namen und die falsche Geschichte mit einem falschen Ort, aber hätte ich die Wahl gehabt, ich hätte tatsächlich meinen Namen und meine Geschichte und den ihr zukommenden Ort nicht gewußt in diesem Moment, nicht einmal meines Geschlechtes war ich mir sicher und ob es funktionieren würde, wie es im Buch steht, ich wußte gar nichts, alles Wissen war plötzlich wie ausgelöscht. Die Situation, sie hat aus mir gemacht, daß ich nur Körper gewesen bin, nur Körper und als dieser eine Börse für Geld, das war alles, was ich wußte, ich war das Geld, das ich bei mir führte, und ich fühlte, wie es erhöhte und wie es herabstürzen ließ, die Erhöhung, die einem angetragen wird, der Fall, den man zu sehen bekommt und der zugleich freie Entscheidung gewesen ist. Wie konnte ich in eine solche Situation geraten, was wollte ich an diesem Ort und in diesem Land *wirklich*, war es schon Arroganz oder noch ein Erinnerungszwang . . . Ich haßte sie, weil sie mir die Erniedrigung vorgeführt hatte, zu der einer imstande sein kann und die einem anderen die Potenz verschafft hätte, es laufen unzählige solcher Leute herum, die darauf angewiesen sind und sich in einen Haufen Dreck verwandeln, wenn ihnen die Brieftasche verlorengeht, ich haßte den Osten, der das aus den Menschen gemacht hat, ich haßte es, die Vergangenheit meiner Herkunft zu sehen und alles spiegelbildlich zu erleben und zu verstehen und im Verstehen entblößt und erinnert zu werden, und ganz besonders haßte ich die Lust, die, da ich nur noch Körper gewesen war, in mir aufkam und mich auf das billige Angebot herabzog. Es würde, dachte ich, sehr schnell gehen, ich war bereit und wollte nur noch alles lossein, das Geld, das Wissen, kein anderer zu sein, die Scham, den Ort, die Zeit und die Lust. Es würde ein leichter Wind gehen über das geerntete Feld, und vielleicht würden wir frieren, während ich sie an den Stellen, die sie mir hinhielte, besuchen würde, ich werde Angst haben vor der zierlichen Schönheit ihres Leibes und nicht glauben wollen, daß in ihm etwas vorhanden ist, das nicht mehr zu ihm, sondern zu den Dingen gehörte und die Gemeinheit verlangte, die ich ihr geben würde, sehr schnell, auf einem toten, geernteten Feld, und ein Stück dieser Erde würde die Wärme der Körper aufnehmen, und die Körper würden die Kälte der Erde aufnehmen, die Schuhe, verstreut lägen sie im Sand, wo auch ihr Halstuch liegen würde und ein gebrochener Ohrring, währenddessen oder danach, es würde unwichtig sein und keiner Erinnerung wert. Aber alles würde sehr schnell gegangen sein und nur dem Gefühl nach eine Ewigkeit gedauert haben, dem kalten Gefühl nach, ehe die Verlorenheit in den Körper zurückkehren würde, vor der es nur Abwendung gibt, und ein leichter Wind würde über uns gegangen sein. Ich weiß nicht, wieviel Zeit vergangen war in diesem Schweigen, das dem Erfundenem und Durcheinandergebrachtem und Verwirrtem folgte, ich weiß nicht, welche Tages- oder Jahreszeit es war, es war, daß mich etwas, das nichts von mir wollte, berührt hat, zärtlich, ich habe diesen sanften Versuch nicht verstanden, doch da hatte sie schon nicht mehr neben mir gesessen, doch ich wußte es erst, als mein Blick auf den leeren, vom Tisch abgerückten Stuhl fiel.

17

... es sind wohl, ich weiß nicht, mehrere Wochen vergangen, ohne daß auch nur ein Satz niedergeschrieben steht, aber es muß, dachte ich in dieser Zeit einer tiefen, unsichtbaren Krankheit, die das Zentrum der Gedanken befiel, auch kein Satz niedergeschrieben werden. Man glaubt, man müsse, um den Tag als eine sinnvolle Situation zu erhalten, jeden Abend auf wenigstens einen gültigen, brauchbaren Satz verweisen können, aber das ist falsch und nur der selbsttäuschende Versuch einer Rettung, denn man muß auf überhaupt nichts am Abend verweisen, man muß auf keinen Satz und auf keine Empfindung und nicht einmal auf die eigene Anwesenheit am Abend verweisen. Wir bilden es uns ein und stehen zeitig auf und versuchen, den Tag als eine sinnvolle Situation zu erhalten und etwas zu tun, was ihn am Abend als diese erscheinen läßt, aber das ist ganz entschieden falsch und nur der Versuch einer Rettung und vollkommen unnötig, und am allerunnötigsten ist es, dachte ich in dieser Zeit einer tiefen, unsichtbaren Krankheit, am Abend auf einen gültigen, brauchbaren Satz verweisen zu wollen, der nichts, gar nichts änderte und vielleicht nicht einmal gedruckt, und wenn gedruckt, wahrscheinlich nicht einmal gelesen, und wenn gelesen, höchstwahrscheinlich nicht oder falsch verstanden würde, und selbst wenn er geschrieben und gedruckt und gelesen und auch nur annähernd verstanden würde, würde er nichts, aber auch gar nichts verändern, so daß in ihm, so gültig und brauchbar er immer auch sei, keine sinnvolle Situation erhalten geblieben sein kann, denn es gibt so viele gültige, brauchbare Sätze auf der Welt, die alle gedruckt und gelesen und vielleicht sogar annähernd verstanden worden waren und annähernd nichts und weniger noch bewirkten, daß es doch restlos überflüssig und unsinnig und vielleicht schon im klinischen Sinne verrückt sei, ihnen noch weitere und wenn es gelänge, gültige und brauchbare Sätze hinzufügen zu wollen. Eine Weile redet man es sich ein, man erfindet einen Sinn und redet es sich ein und schreibt, und dann scheitert man und hört auf. Entweder scheitert man daran, keinen gültigen, brauchbaren Satz hervorbringen zu können oder daran, einen gültigen Satz noch einmal hervorgebracht zu haben und auf erniedrigende Weise zu spät zu kommen und nur noch belächelt zu werden oder daran, nicht gedruckt, und wenn gedruckt, nicht gelesen zu werden, und wenn gelesen, nicht oder falsch oder nur annäherungsweise verstanden worden zu sein. Auf jeden Fall aber scheitert man daran, etwas zu bewirken, so daß das Scheitern so allgemein ist wie das Schreiben, aber auch wie das Lesen und wie das Sprechen und Hören, denn der Weg zwischen Sprechen und Hören ist zu lang und zu kompliziert und ebenso beschädigt wie der zwischen Schreiben und Lesen, dieser Weg ist so sehr beschädigt, daß der Gedanke in einen Abgrund gerät und unwiederbringlich zerbricht. Und ich konnte nicht nur nicht schreiben in dieser Zeit, ich konnte auch nicht lesen, nicht sprechen und nicht hören. Genaugenommen blieb ich tage- und wochenlang im Bett. Ich blieb im Bett, solange es irgendwie ging, und schlief, solange ich konnte. Oder ich lag wach und schaute an die Zimmerdecke und dachte darüber nach, für was sich das Aufstehen lohnen würde, und obgleich mir das Schlafen viel lieber war, da es die Zeit, von schweren Träumen einmal abgesehen, auf angenehm bewußtlose Weise vergehen ließ, war ich, sobald ich nachzudenken begann, sehr um Objektivität bemüht, mit der ich die Vor- und Nachteile des Aufstehens zu erwägen versuchte. Aber was ich herausfand, waren immer nur jede Menge Nachteile und annähernd keine Vorteile, wie sehr ich mich auch bis zum Ehrgeiz hin mühte, so daß ich die Objektivität des Denkens hätte verlassen müssen, um aufstehen zu können und etwas von vornherein zum Scheitern Verurteiltes oder gleich Blödsinniges zu tun, mit dem sich lediglich noch Geld verdienen ließe. Die meisten Menschen, dachte ich im Liegen, verdienen lediglich Geld, man kann oft gar nicht genau sagen, was sie tun, und auch sie selbst können es oft nicht, gleich gar nicht kann man sagen, was sie denken und empfinden und lieben, man kann nur sagen, daß sie Geld verdienen, sie stehen früh auf und verrichten etwas Blödsinniges, räumen Dreck weg oder richten Dreck an, im wörtlichen oder übertragenen Sinne, und verdienen Geld, sie gehen abends ins Bett mit dem Gefühl, nichts als Geld verdient zu haben, und sie stehen auf in dem Gefühl, wieder Geld zu verdienen. Sie sind selbst nichts anderes als Geld, dahinwandelnde Fünfzig- oder Hundert- oder Fünfhundert- oder Tausendmarkscheine. Man könnte ihnen den Leib auftrennen, und was herauskäme, wären Fünfzig- oder Hundert- oder Fünfhundert- oder Tausendmarkscheine, je nachdem wieviel Dreck sie weggeräumt oder angerichtet haben, im wörtlichen oder übertragenen Sinne, und wie blödsinnig die Verrichtung gewesen ist, die sie abgeleistet haben, denn für die blödsinnigsten Verrichtungen gibt es folglich das meiste Geld, weshalb man bei hohen Geldsummen sofort seinen ganzen Verstand einschalten und skeptisch sein sollte. Hohe Geldsummen, dachte ich im Liegen, stehen für Schwachsinn und hohe Berge Dreck, im wörtlichen oder übertragenen Sinne, und gar kein Geld oder ein wenig Geld oder Geld in keinem Verhältnis zur Arbeit, eine Rückerstattungssumme der verauslagten Unkosten plus einer minimalen Gewinnbeteiligung, weil man fahrlässigerweise seine Gedanken aufschrieb und drucken und vertreiben ließ, stehen für Sinn, beispielsweise. Eine Rückerstattungssumme der verauslagten Unkosten plus einer minimalen Gewinnbeteiligung, um sich in seiner Art zu erhalten und etwas von vornherein zum Scheitern Verurteiltes tun zu können, das indessen immer noch besser ist, als etwas gleich Blödsinniges wie Dreck wegräumen oder Dreck anrichten im wörtlichen oder übertragenen Sinne, dachte ich im Liegen. Oder aber, dachte ich, man erbt, man wacht auf und hat plötzlich so viel Geld im Zimmer herumliegen, daß man das Wort Geld und den Gedanken an Geld und die Erniedrigung durch Geld niemals mehr in den Mund nehmen muß. Dann aber, und ohne daß ich auf die Sinnfrage des Aufstehens eine Antwort gehabt hätte, kam es auch vor, daß eine plötzliche Bewegung in meinen Körper geriet, die mich ziellos gehen ließ, vom Schlafzimmer in die Küche und von der Küche auf den Hausflur und in den Keller und an den Briefkasten und zurück auf den Hausflur und zurück in die Küche und zurück ins Schlafzimmer und vom Schlafzimmer wieder in die Küche und von der Küche wieder auf den Hausflur, um dann, fast wider meinen Willen und in einem leisen Gefühl des Ekels und der Abwehr, andererseits aber, um etwas Verlorengegangenes zu dokumentieren und mich wie zur Rettung meiner selbst zu täuschen, das Arbeitszimmer zu betreten, dessen Existenz mir vollkommen fremd geworden war und lächerlich und das ich nur der Angewohnheit halber *Arbeitszimmer* nannte, denn in diesem Zimmer wurde so wenig wie nirgendwo gearbeitet. In der Küche setzte ich mir immerhin Teewasser auf den Herd oder ich schnitt eine Scheibe Brot ab oder spülte die Tassen sauber, aus dem Keller trug ich die Kohleeimer in die Wohnung und im Schlafzimmer dachte ich immerhin sehr angestrengt nach, ob und inwieweit sich das Aufstehen lohnen würde, so daß sich eigentlich das Schlafzimmer hätte als Arbeitszimmer bezeichnen lassen, aber in dem Zimmer, das ich nur einer Angewohnheit folgend Arbeitszimmer nannte, geschah tatsächlich nichts, es war ein mit Geistesprodukten angefüllter, indessen vollkommen leerer Raum geworden, den ich bald schon ehrlicherweise Nichtstunraum nannte und in dem ich oft stundenlang fast unbeweglich und gedankenlos saß, sobald der Bewegungsdrang vorbei war und ich gerade einmal nicht ins Bett gehen wollte. Meiner Frau sagte ich, daß sie, sobald ich ins *Arbeitszimmer* ginge, meine Anwesenheit in der Wohnung vergessen und Dritten gegenüber verleugnen möchte, denn, so sagte ich ihr, sobald ich im Arbeitszimmer bin, bin ich in einer *gedanklichen Arbeit* und genaugenommen nicht anwesend, denn ich bin ja in einem *Gedanken* und kann folglich nicht in der Wohnung oder eben nur äußerlich in der Wohnung sein, und auch wenn sie mich nur dösend und scheinbar nichtstuend antreffen würde, sagte ich, müsse sie wissen, daß ich mich in höchster Konzentration und Anspannung befände und daß jede an mich gerichtete Frage oder Bitte oder Bemerkung, ja jedes vermeidbare Geräusch katastrophale Folgen für den nur aus dieser höchsten Konzentration und Anspannung hervorgehen könnenden Gedanken oder gar niederschriftreifen Satz (denn ich verteitigte ihr und anderen gegenüber nach wie vor die *Würde des gültigen, brauchbaren Satzes*, um so mehr, je stärker ich das Zentrum der Gedanken als von einer tiefen, unsichtbaren Krankheit befallen spürte) hätte, so daß jede Frage oder Bitte oder Bemerkung und jedes Geräusch, wenn es irgendwie ginge, vermieden werden sollte, auf jeden Fall aber, sagte ich, seien fremde oder bekannte und selbst befreundete und ganz bestimmt aber verwandte Menschen von mir abzuhalten, meinen Sohn, aber das ist eine Geschichte für sich, einmal ausgenommen. Es sind Eindringlinge, sie stehen plötzlich in der Tür oder sie telefonieren einen an, ohne meistens wirklich etwas zu wollen, sie wollen etwas, aber sie wollen nicht *wirklich* etwas, so ich zu ihr, sie stehen plötzlich vor dir oder holen dich ans Telefon und vernichten dir den gerade möglichen

Gedanken oder gar niederschriftreifen Satz, der vielleicht der einzige mögliche Gedanke oder der einzige gültige, brauchbare Satz des Tages geworden wäre, sie dringen ein und vernichten und gehen wieder, meinen Sohn und vielleicht zwei oder drei andere mir wichtige Menschen einmal ausgenommen, wobei ich die Beobachtung gemacht habe, sagte ich, daß immer gerade die einem unwichtigen oder gar die einen nervenden Menschen klingeln und vor der Tür stehen oder telefonieren, während die einem wichtigen Menschen viel zu großen Respekt vor der dem anderen notwendigen Ruhe haben, als daß sie wegen jeder Kleinigkeit in die Gedankenbildung dringen, die ich mir nun einmal zur hauptsächlichen Beschäftigung ausgesucht habe. So hat sie mich immer, da ich entweder im Schlafzimmer war um zu schlafen oder um absolute Ruhe zu haben und nachzudenken oder mich im *Arbeitszimmer* aufhielt und *arbeitete*, also in höchster, wie ich es sagte, Anspannung und Konzentration war, verleugnet, sobald sich jemand zu mir verirrte, und es war in ausnahmslos allen Fällen, wie ich es am Abend durch sie erfuhr, vollkommen unbedeutend, was mich von außen erreichen sollte, es war ebenso unbedeutend, wie die Tage und Wochen es waren, in denen ich im Bett oder im Nichtstunraum war und nichts tat, um eine Weile erfolgreich von einem Nichtstun als höchster Form der Anspannung und Konzentration zu sprechen. Und ein gültiger, brauchbarer Satz ginge immer, sagte ich, aus tiefer Konzentration hervor und aus einem Alleingelassenwerden, und daß ich seit mehreren Wochen keinen einzigen gültigen, brauchbaren Satz hervorgebracht habe, liege einzig daran, warf ich ihr vor, daß ich in die Bedeutungslosigkeit der Außenwelt zu sehr hineingezogen worden sei, und daß sie mitunter zu inkonsequent sei und Störungen zuließ oder zuließ, daß ich selbst zu inkonsequent war und mich stören und genaugenommen vernichten ließ, denn, sagte ich, ich werde vernichtet, wenn ich nicht wenigstens einen gültigen, brauchbaren Satz am Abend vorweisen kann, vernichtet im seelischen und geistigen und tatsächlich auch körperlichen Sinne. Aber ich sagte es, ohne selbst noch an die Brauchbarkeit der Sätze zu glauben, ich sagte es, um ungestört nichts tun zu können, um schlafen und dösen und stundenlang fast bewegungslos im Nichtstunraum sitzen zu können und weder schreiben noch lesen, weder hören noch sprechen zu brauchen, bis jenem Nichtstun ein erneuter Bewegungsdrang folgte, der mich vom Arbeitszimmer in die Küche und von der Küche auf den Hausflur und vom Hausflur ins Schlafzimmer und ins Zimmer meiner Frau und ins Zimmer unseres Kindes und zurück ins Arbeitszimmer und auf den Hausflur und in den Keller und an den Briefkasten usw. gehen ließ. Ich sagte, daß es einfach unmöglich sei, sich in einer Wohnung zu konzentrieren, in der ein kleines Kind spielt und in der eine Frau an der Nähmaschine sitzt oder staubsaugt oder die Waschmaschine anstellt und in der angerufen werden kann und an deren Haustür es in regelmäßigen Abständen klopft oder klingelt und die überhaupt in einer dermaßen unerträglichen Lage sich befindet, daß es genaugenommen ein Mietskandal ist, für den man nicht nur keine Miete zahlen sollte, sondern für den man Entschädigungsbeträge anfordern müßte, denn die Lebenserwartung, sagte ich, reduziert sich in einer Wohnung von dieser Lage in dieser Stadt nicht nur um zehn Jahre, wie nun allgemeinhin bekannt geworden sei, sondern mindestens um zwanzig, und bei von Natur aus durch Empfindsamkeit benachteiligten Menschen um dreißig Jahre, der Lärm auf der Straße und der Lärm einer Nähmaschine oder eines Staubsaugers oder einer Waschmaschine oder zweier oder aller Geräte gleichzeitig und der Lärm eines Plattenspielers oder eines Radioapparates oder eines Fernsehgerätes, der aus dem Nachbarzimmer oder aus der Nachbarwohnung oder

der von draußen hereindringt, dieser ständige Lärm und diese ständig schwere, staubige, übelriechende Luft, die den Körper auf Dauer zerstört, die Atemorgane und den Kreislauf krank macht und für Kopfschmerzen und Müdigkeit und Depressionen sorgt, dieser Lärm und diese Luft fordern mindestens zwanzig, und bei von Natur aus durch Empfindsamkeit benachteiligten Menschen dreißig Jahre des Lebens, sagte ich, die nun irgendwie, sagte ich, mit Intensität ausgeglichen werden müßten, mit höchster Konzentration und absolutem Alleingelassenwerden und der Vermeidung eines jeden zusätzlichen Geräusches und einer jeden nicht unbedingt zu stellenden Frage oder zu treffenden Bemerkung oder zu führenden Unterhaltung – ich sagte *Unterhaltung*, nicht *Gespräch* – ersetzt werden müßten, damit überhaupt noch etwas Sinnvolles entstehen kann. Ich müsse, sagte ich ihr, den kranken Raum verlassen und einen gesunden Raum suchen, worauf ich mich ins Auto setzte und von dem einen in ein anderes und abermals in ein anderes usw. Café fuhr, in dem es entweder zu laut oder zu dunkel oder zu schmutzig oder zu unbequem oder zu teuer oder zu voll usw. war, um in ihm einen gültigen, brauchbaren Satz hervorbringen zu können. Ich konnte in dieser Zeit einer tiefen, unsichtbaren Krankheit nicht länger als zehn bis fünfzehn Minuten an einer Stelle bleiben, manchmal konnte ich nicht einmal mehr einen Augenblick an einer Stelle bleiben, um mich unablässig zu bewegen, zu laufen oder zerstreut Auto zu fahren ohne Richtung und Ziel, womit ich der Krankheit, die das Zentrum der Gedanken befallen hatte, für die Zeit des Laufens oder Fahrens entkam, ehe sie mich wieder ins Bett oder in den Nichtstunraum zurückgetrieben hatte, den ich vor meiner Frau noch immer *Arbeitszimmer* nannte. Denn sie hat es, dachte ich, verdient, getäuscht zu werden so gut es ging, ihre Rücksichtnahme und Aufopferung verdiente nur das Wort *Ar-*

beitszimmer, ich mußte es, auch wenn es sich mit einem zähen Ekel vor allen Handlungen des Schreibens, aber auch des Lesens, des Sprechens und Hörens für mich verband, da mir alles Geschriebene unbrauchbar und alles Gelesene verlogen und alles Gesprochene mißverständlich und alles Gehörte falsch vorgekommen war, ihr zuliebe gebrauchen, ich mußte den Ekel überwinden und das Wort *Arbeitszimmer* gebrauchen und das Wort *Nichtstunraum*, das sie zutiefst getroffen und verletzt hätte, verschweigen, ich mußte ihr das Gefühl verschweigen, in dem ich die Realität als unaussprechbar empfand und als etwas der Sprache vollkommen Jenseitiges, den Widerwillen gegen jeden Gedanken mußte ich ihr verschweigen, da jeder Gedanke, so empfand ich, einer kranken Grammatik geopfert wird und nur krankes Denken erzeugt und Realität nicht im mindesten aufnehmen kann. Durch die Sprache haben wir uns aus der Wirklichkeit entfernt, und wir leben in ihr als in einer Ersatzwirklichkeit, so empfand ich, der genaue Gedanke müsse sich semantisch zerstören und zur Unsprechbarkeit oder Unhörbarkeit oder Unschreibbarkeit oder Unlesbarkeit führen, und so war der gültige, brauchbare Satz, von dem ich in rhetorischer Weise sprach, genaugenommen das Schweigen, in das ich gestürzt war, der gültige Satz war der verschwiegene Satz in dieser Zeit, die ausgesprochenen oder niedergeschriebenen Sätze waren Verneinungen der gültigen Sätze, ganz so, wie das meiner Frau unzumutbare Wort *Nichtstunraum* das positive Synonym für *Arbeitszimmer* war, in dem ich stumm vor mich hin döste und auf den Abend wartete, an dem ich es, da ich sehr sehr viel geschafft habe, wie ich behauptete, auch wenn sie es nicht gleich nachlesen könne, moralisch gerechtfertigt fand, bis zur Ermüdung zu trinken, denn ich wollte ermüden und lange schlafen und wenig, wenig wach sein. Gründe des Trinkens gab es mehr als genug, Gründe fürs Nichttrinken annähernd keine, die

Gründe, die es fürs Nichttrinken eventuell gab, waren genaugenommen weitere Gründe zum Trinken. Das Trinken war eine ganz und gar intelligible Reaktion wie die Motive des Trinkens intelligible Motive waren. Das Nichttrinken in dieser Zeit wäre eine wirklich dumme Art der Verdrängung und Harmoniebedürftigkeit gewesen, so dumm, wie die Tage es waren, die dumm und nichtig vergingen. Aber das Trinken hat verhindert, nicht verrückt zu werden, so kann ich sagen, es war eine tatsächliche Hilfe in dieser Zeit, es ließ Körper und Geist zur Ruhe kommen, während die Nüchternheit mich niemals zur Ruhe kommen ließ. Die Nüchternheit war mein Gegner, wie das Licht und der Tag und das Bewußtsein von der steten Vergeblichkeit des Schreibens und Lesens, Sprechens und Hörens meine Gegner waren, es war eine gedankliche Überschärfe, etwas in jeder Hinsicht Hyperbolisches, das Schlaf und Beruhigung und Bewußtseinsverluste verdiente. Es waren aber auch zu banale Dinge, die mich abhielten oder von denen ich mich abhalten ließ, um sagen zu können, ich bin abgehalten worden und komme zu nichts, ganz zu schweigen von Zwangsverrichtungen wie Steuererklärungen holen und Steuererklärungen ausfüllen und abgeben und überhaupt erst einmal verstehen. Ich verstand diese ganze Begriffswelt nicht. Ich verstand gar nichts. Ich war vor lauter Befehls- und Aufklärungsmaterial vollkommen desorientiert, alle Werbe-, Informations- und Gesetzbroschüren, die in hohen und nicht mehr zu ordnenden Stößen meinen Schreibtisch füllten, waren mir eine einzige Desorientierung und Aufforderung zum Selbstmord, ich verstand tatsächlich nicht ein einziges Wort, geschweige denn einen Satz oder gar sachlichen Zusammenhang, ich verstand alles falsch und füllte alles falsch aus und stand an den falschen Schaltern und sprach mit den falschen Leuten und stellte falsche Fragen und gab falsche Antworten, ich stand falsch auf und ging falsch zu Bett, genaugenommen wartete ich, da ich alles falsch oder gar nicht verstand, falsch oder gar nicht erfüllte und mich selbst in meiner Existenz als nur noch falsch zu begreifen hatte, auf meine Verhaftung. Irgendwann, sagte ich mir, wird die Polizei kommen und dich mitnehmen, da du alles falsch machst und nichts, kein Wort dieser Sprache verstehst, die so wenig wie irgendwas mit der Sprache zu tun hat, die ich suchte, auf die ich wartete oder die ich wieder herstellen wollte, die ich schon einmal besessen haben mußte und nun wieder herstellen wollte und die das ganze Gegenteil war einer Sprache, die mir stündlich abverlangt wurde und auf schon irrationale Weise mit Modeanzügen und Aktenkoffern, Geldanleihen und Unterarmsprays usw. in Verbindung zu bringen war. Ich übertreibe nicht, wenn ich sage, daß ich an fast jedem Organ erkrankt war, denn man erkrankt an fast jedem Organ, wenn das Zentrum der Gedanken erkrankt ist, so daß man schließlich nur noch bei Ärzten herumsitzt und sich von ihnen hin- und herschicken läßt, da sie alle zu unfähig sind, als daß sie Organerkrankungen mit einer Erkrankung der Gedanken in Zusammenhang zu bringen imstande wären. Einige ahnen es, aber sie weichen aus und stellen umständliche, vollkommen entbehrliche Untersuchungen an und finden natürlich nichts und lassen dich gehen. Andere lassen dich gleich gehen, nachdem sie die Frage nach Nikotin- und Alkoholverbrauch gestellt haben, du sagst, daß du rauchst und gelegentlich trinkst, und sie schicken dich mit der beleidigenden Bemerkung weg, daß alle Beschwerden allein vom Rauchen und Trinken herrühren und von einem *ungesunden Lebenswandel*, ohne verstanden zu haben, daß das Rauchen und Trinken schlimmere Erkrankungen wie zum Beispiel Erkrankungen der Gedanken verhindert oder mildert und daß annähernd jeder Lebenswandel ein *ungesunder Lebenswandel* ist. Das schlimmste, was ich an Hinweisen erhalten habe, war die

Empfehlung zum Sport, Schwimmen oder Laufen etwa, das konnte ich nur zynisch verstehen. Du gehst zu einem Arzt und vertraust dich ihm an, und alles, was er dir sagt, ist, Treiben Sie Sport. Die Ärzte haben zu wenig Philosophie, das läßt sie beleidigend werden, dachte ich, stand auf und ging grußlos in meinen Nichtstunraum zurück, oder ich stolperte eilig von Café zu Café, in dem es entweder zu dunkel oder zu laut, zu schmutzig oder zu teuer, zu voll oder die Bedienung zu langsam gewesen war, so daß ich nicht selten ging, ehe das Bestellte an meinen Platz gebracht wurde, oder das Bestellte wurde, als ich gerade im Begriff war zu gehen, gebracht, und ich konnte es gleich bezahlen und ließ es zur Hälfte oder ganz stehen, sprang auf und lief hastig zum Ausgang, zog nur meinen Mantel vom Haken, hängte ihn mir im Gehen über die Schulter und verschwand. Es war eine unbeschreibliche Zeitlosigkeit in mir, es war, als würde aus dieser Situation der Zeitlosigkeit Sprache entstehen, ein gültiger, brauchbarer Satz, ein zweiter, ein dritter, ich saß im Auto und fuhr, ein vierter, ein fünfter Satz, ich fuhr ziellos im Kreis oder geradeaus oder links- oder rechtsabbiegend, der Beginn eines Textes in dieser öden, zerrissenen Landschaft, die voll war von toter oder sterbender Gesellschaft, voll von toter oder sterbender Sprache, die von einer anderen toten oder sterbenden Sprache ersetzt werden würde oder bereits ersetzt worden war, hastig hingeklebte Reklameschilder, wo vorher Losungen standen, deren über den farbigen Bildrand hinausreichende Endungen mit dem Putz der Wände zerbrachen, Frittenbuden und Plunderkisten, Billigartikel, vergoldeter Ramsch, Prostituierte, die sich ficken ließen in Containern und Bussen, die auf Parkplätzen standen. Autowracks, ohne Nummernschild, in Seitenstraßen gestellt, als wären sie die Vergangenheit selbst, die man eilig verließ, provisorische Zeltunterkünfte für Banken, Firmen und Warenketten, ich fuhr und fuhr, um mich her schien es nur noch Idioten, Spekulanten und Verbrecher zu geben, und dennoch dieser Text, der sich in der Bewegung zu erkennen gab, den ich spürte und dachte und sprach und der sich nicht aufschreiben ließ, da er die Bewegung selbst war, in die ich mich brachte. Ich hätte einen Raum finden müssen, der diese Bewegung hätte aufnehmen können. Aber diese Bewegung war zu sehr das Gegenteil aller Räume, erkannte ich, die Räume haben diese Bewegung und den Text dieser Bewegung verhindert, erkannte ich, in ihnen konnte kein gültiger, brauchbarer Satz existieren, weil in ihnen zu viele ungültige und unbrauchbare Sätze existierten. Die kranken Räume waren es, die meine tiefe, unsichtbare Krankheit ausmachen sollten, ich war in eine Stadt zurückgekommen, die nur aus kranken Räumen bestand, ich habe diese Stadt verlassen, indem ich kranke Räume verließ, die ich kannte, und ich kam in kranke Räume zurück, die ich nicht kannte, und in denen mir nicht nur das Schreiben und Lesen, sondern auch das Sprechen und Hören unmöglich geworden war. Kranke Räume können nur Stummheit hervorbringen oder kranke Gedanken, in ihnen erscheint alles Geschriebene und Gelesene, Gesprochene und Gehörte als nutzlos, unverständlich oder verlogen. Man spricht, dachte ich, einen gültigen, brauchbaren Satz in einem kranken, für gültige, brauchbare Sätze vollkommen unmöglichen Raum, und man zerstört ihn oder läßt dessen Zerstörung zu, denn der gültige, brauchbare Satz, der in einem Verhältnis zur Wahrheit steht, kann in einem Raum, der im Verhältnis zur Lüge oder zur Unwahrhaftigkeit oder zur Gemeinheit steht, nicht existieren. Er kann lediglich noch in einer Bewegung existieren, die eine den Raum verlassende Bewegung ist, oder er wird zum Schweigen und verwandelt das Arbeitszimmer in einen Nichtstunraum und zwingt dich den ganzen Tag ins Bett oder in zielloser Zerstreuungssucht auf die Straße. Sehr früh schon bin ich in einer Stummheit verfallen, ohne daß ich hätte genau sagen können, was die Gründe für diese plötzliche Stummheit waren. Es war ein solcher Widerstand in mir, daß ich keine Wörter gebrauchen konnte, oder daß mir, wollte ich sie, da ich in einer moralischen oder sachlichen Zwangssituation war, gebrauchen, die Stimme versagte, und das Versagen der Stimme war immer eine die Zwangssituation bewältigende Entscheidung zur Stummheit, und die Stummheit war ein Schutz der Wörter vor der Krankheit der Räume, bis ich es erkannte und annähernd allen öffentlichen Räumen des Landes meiner Herkunft, die annähernd alle kranke Räume waren, ausgewichen bin, denn in ihnen herrschte die Ordnung einer Macht, die mit paranoischem Bewußtsein meine Sätze ihrer Grammatik unterwarf. Es war stets derselbe Vorgang und eine ideologische Inanspruchnahme der Arbeiter- und Bauernschaft, die über die Berechtigung meiner Sätze entschied, die entweder zu beziehungslos oder zu kollektivfeindlich oder zu unverständlich oder zu pessimistisch oder zu *empiriokritizistisch*, das sagte tatsächlich einmal jemand, oder zu unrealistisch usw. waren. Und was die Realität war, wo sie begann und wo sie endete, wie sie gesehen und wie sie nicht gesehen zu werden hatte, das war nun einmal ein beschlossener, in Lehrbüchern festgeschriebener Befehl. So waren die Sätze, die meine Stimme sprechen wollte, eine Herausforderung für pädagogische Sonderaufträge und ahnbare Vorboten der sogenannten schiefen Bahn, die überall dort war, wo die herrschende Ordnung gerade nicht war, so daß ich, von Jahr zu Jahr mehr, die öffentlichen Räume verlassen habe, zuerst bin ich in ihnen verstummt, und dann habe ich sie verlassen, ganz so, wie ich stundenlang dösend in meinem Nichtstunraum saß während der Zeit einer tiefen, unsichtbaren Krankheit. Ich habe mich in Räume verirrt, die kranke Räume waren und die meine Stimme beschädigten und meine Sätze nicht gelten lassen konnten, bis ich verstummte, um dann in einer plötzlichen, fast panischen Eile zu gehen. Nicht einmal den Mantel oder die Jacke habe ich mehr angezogen, nur noch in einem Gefühl, vor lauter Lüge zu Tode zu kommen, den Ausgang gesucht so schnell es ging. Und ich bin verschwunden, habe mich ins Auto gesetzt und bin ziellos durch die Gegend gefahren und spürte, daß allein aus dieser Bewegung ein gültiger, brauchbarer Satz hervorgehen kann. Nur das Unterwegssein rettet die Gültigkeit des Sprechens, dachte ich, denn die Räume, in denen wir leben, sind verdorbene und für die Würde des Sprechens abträgliche Räume, in ihnen wird alles zerstört, was geschieht, sie lassen die Sätze nicht zu, die gültig und brauchbar sein könnten, sie lassen sie nicht zu, da sie ausgefüllt sind von der Krankheit eines paranoischen Diskurses der Macht. Und so habe ich die Stadt und das Land meiner Herkunft verlassen, um unterwegs sein zu können, um dieses Unterwegssein ging es, nicht um die mögliche Ankunft, nur das Gefühl des Unterwegsseins war mir noch wichtig, das über Wochen und Monate und Jahre, in denen man den Ort nicht verläßt, anhalten kann, um dann, plötzlich und unvorhersehbar, verlorenzugehen. Ich kam zurück in die Stadt meiner Herkunft und hatte das Gefühl, im Zurückgekommensein mich zu bewegen, verloren, und so wurde ich krank, so überkam mich eine Krankheit, die das Zentrum der Gedanken befällt, von den Räumen ausgeht und vom Verlust an innerem Unterwegssein bestimmt wird. Ich hatte zuviel Illusionen über die Ankunft bei meiner Rückkehr, um an den Krankheiten der Räume zu erkranken und mich von ihnen lähmen zu lassen und sie in ihrer Niederträchtigkeit zu empfinden, so daß ich anfänglich glaubte, lediglich *zu früh* zurückgekehrt zu sein, lediglich in eine Zeit zurückgekehrt zu sein, in der die Räume ihre Versprechen noch nicht eingelöst haben, bis ich erkannte, daß ihre Versprechen Teil ihrer Krankheit waren und daß die Gedanken, die in ihnen entstanden waren und die neue und bessere und gesunde Gedanken sein wollten, so alt, krank und verfallen waren wie ihre Räume, die vielleicht ihre Ausstattung änderten wie die Gedanken ihr Vokabular und damit täuschten, indes keine Ankunft, sondern immer nur Unterwegssein zuließen. In diese Räume und in diese Stadt und in dieses Land kann man nicht zurückkehren, dachte ich beim Fahren ziellos die Straßen entlang einer sterbenden oder bereits gestorbenen Gesellschaft voll toter Sprache und toter Landschaft und toter Gedanken, und selbst die Straße war ein kranker und krankmachender Raum geworden, auf ihr herrschte und herrscht eine Gewalt, die physisch und gleichnishaft ist, und sie zu betreten heißt, dieser Gewalt sich auszusetzen, oder man flieht in die Räume und wird krank, dann flieht man auf die Straße zurück und wird niedergeschlagen, denn die Straße ist voll gewalttätiger Menschen, die alle aus kranken Räumen gekommen sind. Du denkst, es ist heller Tag und du bist im Zentrum der Stadt und überall um dich her sind Menschen, du hältst diese Menschen für einen anonymen Schutz, glaubst, du könntest ihrer augenblicklichen Zeugenschaft vertrauen wie der Helligkeit, bis dir einer von diesen zahllosen gewalttätigen Menschen eine Waffe an die Brust setzt und nach deinen Papieren oder nach deinen Autoschlüsseln oder nach deinem Geld verlangt und du merken mußt, daß du gerade in der Masse schutzloser bist als irgendwo, denn der einzelne kann in der Masse seine Zeugenschaft leugnen, er kann in einer abgelegenen Gasse, auf der er zusehen muß, wie du niedergeschlagen und ausgeraubt wirst, nicht seine Zeugenschaft leugnen, er hilft dir nicht, aber er wird mit seiner Zeugenschaft belastet sein, in der Ansammlung aber kann er seine Zeugenschaft leugnen und auf den jeweils anderen übertragen und den Ort des Ereignisses von seiner Zeugenschaft unbelastet verlassen, dachte ich beim Fahren, oder ich lag bereits auf der Straße, irgendwo in der Helle des Mittags, man muß, dachte ich, verstummen, bis aus der Aufrichtigkeit eines erzwungenen Stummseins ein erster, gültiger Satz hervorgehen kann, ein zweiter, in der Bewegung, fahrend oder gehend oder liegend, ein dritter Satz, der Anfang eines Textes, ich wollte immer so schreiben, daß es bedeutungslos würde, ob das Geschriebene zu spät geschrieben, zu früh, ob es gedruckt oder gelesen oder verstanden sein würde, wenn es nur an nichts mehr erinnert.

18

... aber ich sollte, bat Vater, nicht darüber reden oder gar schreiben, zumindest nicht, solange Großvater noch lebte, und ich schaute an die Decke, während er sprach, und zählte die Risse im Putz. Ich verstand die Geschichte nicht, die er erzählte, ihr Sinn war mir nur ein bildlicher Sinn und keine Offenbarung, wie es Vater wohl glaubte und weswegen er ein Schweigen verabreden wollte, er, Vater, nahm doch tatsächlich an, ich würde noch immer Großvater für das halten, was dieser von sich behauptet hatte die Hälfte seines Lebens hindurch, wie lächerlich, dachte ich, wie ignorant. Allein diese Aufforderung, in gewisser Weise konspirativ, seine kalte, herzlich gemeinte Hand lag auf meiner von ihm abgewandten Schulter, im Hintergrund flimmerte das Bild des leise-, aber nicht ausgestellten Fernsehapparates, Mutter klapperte mit dem Geschirr, die Sonne schien matt durch das Fenster und kündigte die kältere Jahreszeit an, ein leichter Schatten zog sich von den Dingen ins Innere des Raumes, Vater, registrierte ich, war modisch gekleidet ..., allein diese Aufforderung zu schweigen, die ein Redebedürfnis erst richtig in Gang setzt und die, in diesem Fall, eine plötzlich erwartete Komplizenschaft voraussetzte, erschien mir wie eine Kränkung. Aber nicht deshalb wollte ich seiner Bitte nicht entsprechen, schließlich würde ich nie, nicht einmal von mir an mich selbst gerichtet, einer solchen Bitte entsprechen und die Narben verschweigen, die ich erhielt und die ich zugefügt habe, dieses Geben und Nehmen von Liebe, Verletzung und Tod, wie es mich als Thema begleitet und zum Sprechen zwingt, jenes zwanghafte Aussprechenmüssen, irgendwie obsessiv, ich erwähnte es an anderer Stelle schon oder werde es noch tun, später, vielleicht am Ende meiner Überlegungen, vielleicht in einem anderen Buch. Es war, daß die Episode, die Vater erzählte, durch die *doppelte Natur ihres Sinns*, denn es ging um die Auslöschung von Spuren einerseits und um das Sichtbarwerden gerade dadurch, daß man den Versuch der Auslöschung unternahm, gar nicht verschwiegen werden *konnte*, was meinem Vater nur wie eine kompliziert formulierte Ausrede klingen mag, denn er wird, wie gewöhnlichhin jeder, denken, daß man schließlich nur über das sprechen braucht, über das man sprechen *möchte*, und daß jene Realität, die nicht in die Rede gerät, quasi ungeschehen ist. Wie einfach, aber, es zwingt sich eben gerade das zur Verlautbarung auf, was in die Welt des Schweigens herabsinken soll, und es sinkt in die Welt des Schweigens herab, was jeder mitteilen darf, weshalb es mit dem Schweigen in einer Zeit der nunmehr *erlaubten Rede*, wie die Journale und Vereine des Ostens siegreich vermelden (Zitat: »Nun, wo das Wort von der Diktatur *befreit* worden ist und es eine *freie* Literatur geben kann« [Hervorhebung von mir und Ende des Kommentars]), erst einmal beginnen wird, jenes lärmende Schweigen, wir kennen es, wir leiden darunter. Und schließlich sprechen die Dinge sich selbst aus, ob sie nun unsere Sprache bekommen oder nicht, armer, hilfloser Vater, dachte ich und konnte ihn sehen, wie er, es soll ein heißer Sommertag nach Kriegsende gewesen sein, mit einer Zaunlatte im Wasser herumfuchtelt und die Bücher, Belege und Dokumente wieder an Land bringen möchte, die er, ein frühzeitig erwachsen gewordenes Kind, auf Anweisung der Mutter zu vernichten gehabt hat. Das alles muß weg, soll seine Mutter gesagt haben, schnellstens und auf beste Weise, und dann haben sie alles, was an die Vergangenheit vor allem meines Großvaters erinnerte, von dessen Verbleib man zu dieser Zeit noch nichts wußte, in eine Kiste gepackt, und mit dieser Kiste im Arm ist mein Vater an den Fluß hinunter gelaufen und hat alles, Buch für Buch und Stück für Stück und Seite für Seite, ins Wasser geworfen. Die Bücher, die Nazibücher waren, und die Dokumente, die Mitgliedschaften bezeugten, und all die Briefe, Karten und Fotografien, die davon erzählten, daß man dazugehört hat usw., all das sollte vernichtet und alle Spuren sollten ausgelöscht werden, und Vater war von seiner verzweifelten und ängstlichen Mutter beauftragt worden, das und in aller Gewissenhaftigkeit für sie zu tun, alles vernichten und alles auslöschen, jetzt, in diesem Augenblick und für alle Zeiten, und er nahm die bis zum Rand angefüllte Kiste unter den Arm, lief hinunter zum Fluß und dachte sich, am besten alles zu versenken. Seine Bitte, nicht darüber zu reden oder gar zu schreiben, war sehr eindringlich, doch dann ist folgendes geschehen: Vater warf zwar Buch für Buch und Dokument für Dokument und Beleg für Beleg usw. in den Fluß, doch das Papier versank nicht, es schwamm in die Mitte des Stromes, geriet in Wirbel und Schnellen, wurde wieder ans Ufer getrieben und vom Ufer in die Flußmitte zurückgezogen, wo es durch eine Wellenbewegung kurzzeitig verschwand, um an anderer, unvermuteter Stelle wieder aufzutauchen, Buch für Buch und Dokument für Dokument und Beleg für Beleg, und die Bücher waren aufgequollen vom Wasser und verloren ihren Einband und schlechtgebundene Seitenteile, und die Dokumente büßten ihre mit Tinte geschriebene Schrift ein, die teilweise oder ganz verwischte, die Belege waren beschädigt oder bis zur Unkenntlichkeit zerstört, aber nichts war verschwunden und ausgelöscht und für alle Zeit vergessen, und Vater lief dem auf der Oberfläche des Flusses dahintreibendem Papier, das lediglich in Unordnung und Auflösung geraten, aber nicht vernichtet war, weinend hinterher. Er hatte einen Auftrag, und dieser Auftrag hieß, alles zu vernichten und die Spuren der Vergangenheit auszulöschen, und er hatte geglaubt, es richtig zu tun, wenn er an den Fluß hinunterginge und alles hineinwürfe, und nun hantierte er verzweifelt mit einer Zaunlatte vom Ufer aus und versuchte, die Schriftstücke zurückzuholen, ehe sie, was nicht mehr zu verhindern gewesen war, Spaziergängern, die nun auch alle von anderer Gesinnung waren, auf der anderen Uferseite in die Hände fielen oder von einer nahenden Brücke aus, auf der Passanten standen und aufs Wasser herabblickten, zu sehen sein würden, die Zeichen, die zu sehen sein würden und die einmal eine Zugehörigkeit bedeutet haben und die jetzt ausgelöscht werden mußten. Und Vater hatte diese Zeichen nicht nur nicht ausgelöscht, er hatte sie auf diese Art des Versuches, sich ihrer zu entledigen, fast könnte man sagen: veröffentlicht, er hat öffentlich und für jeden, der in der Nähe war, den Vorgang des Vernichtens und Spurenauslöschens gezeigt, ganz so, wie er mit mir ein Schweigen darüber verabreden wollte, solange Großvater noch lebte, und er konnte gar nicht verstehen, daß er gerade dadurch von der Vergangenheit unablässig sprach. Jedenfalls sei seine Mutter, die von einem Nachbarn den vom Fahrrad heruntergerufenen Satz zu hören bekam: Was macht denn Ihr Sohn dort unten am Fluß!, sofort zu meinem armen, hilflosen Vater gerannt und habe schon aus der Ferne voller ängstlicher Verzweiflung gerufen: Vernichten, habe ich dir gesagt, vernichten!, verbrennen oder vergraben!, aber doch nicht dies da . . .!, und sie zeigte auf all diese über die Oberfläche des Flusses verteilten Bücher, Seiten und Dokumente, ohne daran gedacht zu haben, daß verbrennendes Papier ebenso sichtbar gewesen wäre und Asche hinterlassen hätte und daß vielleicht dieses, vielleicht jenes Teil unter der Asche hätte erhalten geblieben sein können oder daß die vergrabene Kiste zum Beispiel von Kindern beim Spiel zu finden gewesen wäre usw., man kann keine Zeichen, die in der Welt sind, vernichten, dachte ich und sah an die Decke und zählte die Risse im Putz.

19

. . . und ich glaubte doch tatsächlich, ich müßte, um das *Buch* beenden zu können, noch einmal in dieser Landschaft und Gegend sein, in der ich es anfing zu schreiben. Es ginge mir, so schrieb ich und kündigte mich an, um die *Perspektive des Sehens und Denkens*, die mir durch die Rückkehr, die eine verfrühte und für das Buch *schädliche Rückkehr* war, abhanden gekommen ist. Denn von dem Augenblick meiner Rückkehr an fühlte ich mich wie von einer Krankheit befallen, die mir gleichermaßen bekannt wie gerade erworben vorgekommen war, und es war die Krankheit der Stadt und es war die Krankheit der Räume gewesen, die das Denken krank machte und den Körper, so daß das *Buch*, schrieb ich, nicht beendet werden könne, oder es könne nur als von den Spuren der Krankheit gezeichnet beendet werden, aber das wäre schon, fuhr ich fort, der Anfang des Scheiterns, das Weiterschreiben am Buch und das Beenden des Buches könne, in dieser Situation der Krankheit, nur ein am Buch Scheitern sein, dann würde das Schreiben ein dauerndes Scheitern am Schreiben sein wie das Leben in dieser Stadt nur ein am Leben Scheitern sein kann, innerhalb einer

Situation der Krankheit wird aus jeder Existenz eine Scheiterexistenz, schrieb ich, ich muß, schrieb ich, diese Situation der Krankheit verlassen. Andernfalls, ich weiß heute nicht, wen ich damit indirekt zu erpressen versuchte und was ich mir überhaupt einzubilden leistete ..., andernfalls würde kein Satz, keine Zeile mehr entstehen, schrieb ich, wenn ich nicht, wie ich tatsächlich glaubte, die, zunächst einmal örtliche und dann geistige *Perspektive* wiedererlangen könnte. Denn das Entscheidende des zu beendenden Buches, erklärte ich umständlich, sei seine *Perspektive der Fremde*, was damit immer auch, über eine geografische Entfernung zum Zwangsort der Heimat hinaus, gemeint gewesen sein mag, und nun ist doch tatsächlich dieses eigentlich schadlos überlebte Wort Heimat im Satz. Wie ich es mit dem Ehrgeiz hielt, ein Buch *beenden* zu müssen und dafür noch einmal eine ganz bestimmte, unterdessen verlorene *Perspektive* einnehmen zu wollen, so als gäbe es ein beendbares Buch überhaupt und so als würde sich eine Perspektive nicht täglich, stündlich, augenblicklich verändern, dieser hirnlose Anspruch, wie ihn nur noch ein Anfänger hat, das ist wirklich bedenklich. Und natürlich hatte sich die als eine ideale Geisteslandschaft angenommene Fremdheit des Ortes, der ein Fluchtort war, verwandelt. Ich fand sie plötzlich in der gleichen Substanz vor, wie ich sie von den Orten meiner Herkunft her kannte. Sie war mir, auch hier, von einer bedrückenden Vertrautheit, eine des Wiedererkennens, und, und bald schon entdeckte ich dieselbe Schlinge am Hals des Denkens, der ich entfliehen wollte, der Fremdheit war nicht mehr jener distanzierte Blick abzugewinnen, den ich, zugunsten des Buches, zu benötigen glaubte. Der gelbe Schatten der Schönheit lag über den Dingen, trügerisch wie ein Liebesdienst aus Berechnung, denn es gab, von einem geordneten Krieg, der zeitgleich seine Übertragung erreichte, einmal abgesehen, ringsum nichts Neues, und schließlich wußte man nicht, wie man glaubhaft einen Farbfilm lang entsetzt bleiben konnte. Wir jedenfalls, und das schaffte Vertrautheit, waren bei den ersten Leuten ins Gerede gekommen, alle Fremdheit als eine fremde Fremdheit, wie ich sie für das *Buch* benötigt hätte und wie sie die *Perspektive* des Buches ausmachen sollte, war dahin, so daß mir das Thema, so sehr ich es auch mehrmals durchdachte, plötzlich in seiner ganzen Hinfälligkeit erschienen ist. Ich stieg aus dem Auto, räumte unsere Taschen ins Haus, richtete mir den Schreibtisch her und sah auf die weite Wiese vor meinem Fenster, und das Gras war lange schon tot, und die Landschaft war mir als eine endlose Fläche von harter, gestorbener Erde erschienen, die die mattgraue Farbe des Himmels wie im Akt einer angestrengten Gnade übernahm. War das schon die Zukunft der Deutschen? Doch die Leere war ohne Bedeutung, alles sinkt in sein berechtigtes Schweigen zurück, dachte ich, aber das *Buch*, der Anspruch auf eine Meinung, die Fertigstellung des Unverlangten: wie lächerlich, wie prätentiös. Das Schreiben als eine absichtsvolle Handlung ist mir auf einmal so maßlos arrogant vorgekommen, daß ich vor lauter plötzlich empfundener Scham beinahe über meine eigenen Füße gestürzt wäre, nein, ich mochte mich nicht, ich mochte dieses ganze selbstbedeutsame Buchgeschreibe und Perspektivgetue nicht, wie es mich in einem Wiederholungsanfall von Intelligenzeitelkeit überkam, ich mochte gar nichts, es war dieselbe Krankheit, der ich zu entkommen dachte, aber der Ort war mir kein Fluchtort mehr, er war mir, wie der Ort meiner Herkunft, schon zu vertraut, und die eigentliche Krankheit, dachte ich, ist überall dieselbe Krankheit, die Straßen sind sauberer und die Geschäfte sind besser und die Räume sind heller, aber, dachte ich, ich weiß nicht, was ich dachte, ich wollte nicht denken, ich mochte meine Gedanken ebensowenig wie meine Stimme, die die Gedanken nur mühevoll aussprechen kann, ich wollte so bedeutungslos leer sein wie die Wiese vor meinem Fenster. Und auch meinen Körper mochte ich nicht, seine zu spürende Schwere und Anfälligkeit, es war ständig ein dumpfer, schwacher, bisweilen stärker werdender Schmerz in ihm, mal an dieser, mal an jener Stelle, in gewisser Weise war er wie meine Mutter geworden, deren dauernden Reaktionskrankheiten meine Erinnerungen nachhaltig bewegen, doch auch den Tod, durch den man seinen Körper loswerden kann, mochte ich nicht, nichts lustvoll Leidendes war daran, es war tatsächlich der entschiedene Wille auf gar nichts. Am stärksten aber belastete mich das Denkenmüssen, wie es nun einmal nicht abzustellen ist. Gerade, daß ich erwacht war, mußte ich denken, ich spürte es regelrecht, wie eine Maschine, die auch noch ein Thema besaß, zu arbeiten begann, während der Körper noch in Schlafstellung lag. Doch auch die Nächte waren voller Ruhelosigkeit und langer, schwieriger Träume, die es am Morgen zu übersetzen galt und die das Thema illustrierten, es vorantrieben, wo ich mich im Kreise bewegte, es beschädigten, wo ich mir sicher sein wollte, es zerstörten und neu fügten und die Grenzen veränderten, die Grenzen des Themas, die im Traum eine östliche Landesgrenze markierte, ich erinnere mich, es war an einem Tag im Oktober. Ich spürte es, sobald ich erwacht war, ich wollte nicht erwachen, aber ich wollte auch nicht, wie ich schon sagte, in die Langeweile des Totseins verfallen, ich wollte gar nichts, dies aber sehr bewußt und lebendig, die Leere, lebendig erlebend, aber dann wieder nicht erwachen wollend aus Angst vor aller anstehenden Gedankenarbeit, ich widerspreche mir ständig, doch was nützt es zu klagen. Wenn nun schon dieses Denkenmüssen im Kopf ist, sagte ich mir, und es zudem ein Thema absteckt, das mich von außen erreichte und mich eigentlich ablenkte und störte und mich auf mitunter zu direkte Weise politisch werden ließ, dann kannst du es auch aufschreiben und organisieren und ein Buch werden lassen, und damit ging das ganze Laufen auf leisen Sohlen wieder los, immer beobachtend, registrierend, notierend, denkend, in dem einen Augenblick benötigte ich vollkommene Ruhe, um schreiben zu können, in einem anderen Augenblick Zerstreuung, um mich vom Schreiben zu erholen, dann benötigte ich bestimmte Lichtverhältnisse, dann brauchte ich ein warmes Essen, dann wieder aß ich annähernd gar nichts und trank nur, benötigte aber ganz bestimmte Getränke, dann benötigte ich viel Schlaf, weil ich tagelang zu wenig geschlafen hatte, dann wollte ich mir vor lauter Anspannung den Schlaf wieder nicht leisten, dann war ich krank und konnte nicht schreiben, obgleich ich es wollte, dann war ich krank und wollte nicht schreiben und lag einfach nur da und sah an die Decke, dann war ich nicht direkt krank, gesund aber auch nicht und hätte schreiben können, wollte es aber nicht und litt darunter, nicht geschrieben zu haben, wo ich hätte schreiben können, dann war ich einmal ausgeschlafen und gesund und habe geschrieben, fand es aber erbärmlich und warf die Seiten ins Feuer, dann ärgerte ich mich, die Seiten ins Feuer geworfen zu haben, weil mir die darauffolgenden Seiten schlechter noch vorgekommen sind, dann kam ich doch einmal voran und war gutgelaunt, dann zweifelte ich alles wieder an und war schlechtgelaunt usw. Und auch diese Aufdringlichkeit, die Leute ringsum mit seinem Denkenmüssen zu belästigen, anstatt sie in Ruhe ins Büro oder in die Fabrik oder spazierengehen zu lassen, sie abzuhalten, wenn sie Haare schneiden, Pullover verkaufen, Dichtungsringe herstellen, Fahrkarten ausschreiben, Mahnungen zustellen, Verhaftungen vornehmen, Geld überweisen usw. müssen, dann die Rücksichtnahme, die man allgemein verlangt, um das *Buch* fertigzubringen, so als würde irgendwer darauf warten und als wäre die Literatur nicht lange schon ohne Leser und lediglich ihres Warenwertes halber da, an dem einige noch immer verdienen, da es immer noch Käufer gibt, die sich das ins Bücherfach stellen, einfach lächerlich. Am lächerlichsten aber, so kam es mir zu Bewußtsein, ich saß immer noch vor dem Fenster am Schreibtisch und sah in die beruhigende Leere der Gegend, auch wenn es ein anderer Tag, eine andere Woche gewesen war, mir war, als wäre ich tage- und wochenlang nicht aufgestanden und hätte nur in die mattgraue Weite des Himmels geschaut und mich daran erfreut, nichts sehen zu müssen, nichts zu erfahren, während die Gedankenmaschine natürlich weiterhin angestellt blieb ..., am lächerlichsten aber war die von mir erwünschte Wiederherstellung der *Perspektive des Sehens und Denkens*, gerade, daß ich herausgefunden hatte, wie richtig auch das Nichtmitgedachte des Gedankens ist, das den Gedanken stets kümmerlich bleiben läßt, um an Gedanken nur noch zu zweifeln und zu leiden und sie nur noch loshaben zu wollen und sie nur aufzuschreiben, um sie loszuwerden, dann aber zu merken, daß aus jedem Gedanken, den man schreibend losgeworden ist, ein neuer und ein abermals neuer usw. Gedanke hervorgeht, indes ebenso kümmerlich wie die Gedanken zuvor und abermals zuvor und umschlossen von dem Dunkel des Nichtmitgedachten und in jenes Dunkel stürzend, gerade, daß er als Satz seine Niederschrift erreichte, als Halbsatz, als Wort, sofort dieses Herabsinken des Gedankens auf den Grund seines Gegenteils, unverzüglich, in der Fabrik kann man es gar nicht so schnell fassen, und die Maschine ist noch immer nicht ruhiger geworden und läuft und produziert und schafft nur noch mehr Dunkelheiten und sucht nach einem Weg durch das Dickicht des stummen Vorhandenseins der Dinge bis zum Tod ..., und gerade, daß ich herausgefunden hatte, daß Wahrheit, womit der Begriff von Wahrheit, sofern er nicht zur Gewalt werden will, aus der Sprache verschwindet, abbildbar nur auf rhetorischer Ebene ist..., gerade in diesem Zustand, in den ich denkenmüssend geraten war, hatte ich mich an die Erklärung meines erneuten Besuches, die *Wiederherstellung der Perspektive des Sehens und Denkens* hieß, zu erinnern, und nichts, aber auch gar nichts kam mir dümmer, erbärmlicher und lächerlicher vor. Ich wollte mit dem Buch, das entstanden war bzw. im Entstehen war und halbfertig oder dreiviertelfertig oder vierfünftelfertig vor mir lag, nichts mehr zu tun haben, ich wollte mit diesem Thema, von dem ich plötzlich nicht genau wußte, ob es nicht eine Art historische Illumination war, die sich ein paar Medienfachleute ausgedacht hatten, um die Einschaltquoten zu steigern, nichts mehr zu tun haben, ich wollte alle Flüchtlingsbilder und alle Straßenbilder und alle Mauerbilder und alle Vereinigungsbilder vergessen, ich wollte meine Herkunft vergessen, die Bilder meiner Kindheit wollte ich entschieden vergessen, die Geschichte meines Vaters und die Geschichte meines Großvaters, einmal aufschreiben und dann für immer vergessen, ich wollte mein Dagegengewesensein und wie es hinter den Möglichkeiten zurückblieb vergessen, und ich wollte vergessen, es überhaupt vermerkt zu haben, es war so hinfällig, so nichtig, so bedeutungslos und gleichermaßen unglaubhaft geworden, wo es ringsum nur noch Dagegengewesenseinmenschen gab, die bereit waren, alles auf die Oberfläche ihrer Verlogenheit und Schwäche zu ziehen, so daß nichts mehr voneinander zu unterscheiden geblieben ist, mir wurde geradezu übel, wenn ich daran dachte, und wäre nicht dieser Überdruß gewesen, diese plötzlich lähmende Gleichgültigkeit gegenüber dem Thema, ich hätte alle Dagegengewesenseinpassagen im Nachhinein herausgestrichen. Aber sie gehörten dazu, obgleich ihr Verschweigen auch hätte ein Zeichen sein können, sie gehörten, wie, andererseits, mein Jungpionierdasein, mein flotter, kampfliedpfeifender Schritt in die Schule, dazu, man weiß so wenig von sich, wenn man mehrfach schon starb, und ich war auch nur ein Jemand, der seine Möglichkeiten versäumte. Nicht alle, einige, vielleicht viele, vielleicht wichtige. Du atmest mehrmals tief durch und vergißt, ehe in der allerletzten Stunde sich alles noch einmal trifft, drängelt und vorschiebt, doch das ist zu allgemein, vielleicht schon ein Fluchtweg, wie dieser Ort, der ein Fluchtort sein sollte und es dennoch nicht ist, ich wiederhole mich, doch auch das gehört dazu. Jeden Tag aufstehen und in die jeweilig passenden Hosen schlüpfen ist auch nichts anderes, und mit ein wenig Glück, oder, zeitgemäßer noch, so Gott will, gelingt der Vergleich, wenn das Wort »gelingen« nicht allzusehr danebengerät und statthaft ist... Die Statthaftigkeit der Begriffe, damit handelt man sich ganz neue Probleme ein, die das Denkenmüssen vorantreiben, es thematisieren, und damit geht es schon wieder los, oder bricht ab, plötzlich und unerwartet, ein Satz vorher noch hielt man es gar nicht für möglich, aber schon mit seinem Punkt bricht es ab und ist, zumindest in seiner Übertragung auf die Ebene der Zeichen, tot. Eine andere wichtige Erfindung setzt an, es sind alles Erfindungen, ich bin überzeugt, und was nicht Erfindung ist, entgeht uns, und was uns nicht entgeht, wird Erfindung, es rast durch die Denkfabrik und wird neu produziert, und für diese Einsicht, wie sie mich von früher Jugend an plagte und wie ich sie nicht mehr loswerden konnte, wurde ich, es war, erinnere ich mich, ein kalter, verregneter Oktobertag ganz ohne Sonne, des Klassenzimmers verwiesen und hatte nach Hause zu gehen und einhundert Mal den Kindersatz: Die Rote Armee hat uns vom Faschismus befreit, ich wiederhole es hier nicht, zu schreiben. Ich saß bei meiner Mutter in der Küche, hielt den Kopf zwischen die Hände und dachte an Bärbels kleine, wachsende Brüste, wie sie mich abgelenkt hatten, seit es sie gab, wie ich durch sie, seit es sie gab, ein anderer geworden war, bis es auffiel und den Aussprachen

Stoff gab. Es gibt keine Zeit. An meinem Nicht-aufpassen- und Nicht-mitschreiben-Können hat sich seitdem und deswegen nichts geändert. Ich werde es noch einmal zu erklären versuchen, später, wenn die laufenden Ereignisse mir aus dem Kopf gegangen sind, die Geschehnisse, wie sie jenseits der Sprache vergehen und einen nicht mitnehmen wollen, nichts, nichts nimmt uns mit, umschließt uns, trägt uns weiter und von uns selber davon, wir sind Ausgeschlossene, für immer von uns getrennt, für immer an uns gebunden, vielleicht sagte ich es an anderer Stelle schon, ich vergaß es, ich habe alles vergessen, alles vergessen und alles erfunden, ich vermute es so, aber es muß auch nicht stimmen, aber das Denken geht weiter, aber wo war ich hingeraten, von welchem Satz an bleibt man allein, und ich wollte so leer sein wie die Wiese vor meinem Fenster, die von ihrem Sinn schon befreit war.

nachträglich

Denn der Gegenstand des Denkens ist die Welt der Väter gewesen, von ihr sollte berichtet werden, und wie verloren sie machte und wie verloren sie war – als herrschende Ordnung, als Sprache, als beschädigtes Leben. Doch sobald ich ins Erzählen geriet und meine Geschichte, um sie zu verstehen, in die Vergangenheit holte, kam mir eine zweite und dennoch zu mir gehörende Person wie aus der Zukunft entgegen und forderte mich auf, eine andere Wirklichkeit zu übernehmen, vor der die erfahrene Wirklichkeit sich auszulöschen schien. Eine Notlage des Körpers, ein gespaltener Empfindungszustand, ein dauerndes Mißverstehen zweier gegengerichteter sprechender Figuren, denn was die eine sagte, war der anderen unglaubwürdig oder unverständlich oder beides gewesen, so daß sich das Wissen zusehends in

Nichtwissen verwandelt hat und das Beiläufige einen unerwarteten Sinn hinterließ. Also konnte die Erschaffung der Zusammenhänge nur eine rhetorische sein, denn ich konnte nicht wissen, von welchem Standpunkt des Denkens aus die Lüge oder das Verschweigen oder die Verabredung zum Schweigen gebrochen worden wäre, ich konnte nicht wissen, wer ich war, wenn ich schrieb, die Lüge oder das Verschweigen oder die Verabredung zum Schweigen könne sich nur selbst überführen, dachte ich, in der Rhetorik, in der Wiederherstellung einer Redundanz, die uns umgibt und schon Inhalt geworden ist, Inhalt und Thema, so mußte ich denken.

Am 3. Oktober

Inhalt

1 Aber heimatlos sind wir doch alle. 9
2 An einem Abend. 12
3 Anruf. Absage. 18
4 Der Augenblick der Beschädigung der Stimme. 25
5 Mittags die Post. 36
6 Die wiederholte Beschreibung einer Fotografie. (I) 38
7 Am Abgrund. 42
8 Die wiederholte Beschreibung einer Fotografie. (II) 45
9 Allein. 54
10 Die wiederholte Beschreibung einer Fotografie. (III) 59
11 Eine sehr bestimmte, allgemeine Situation. 74
12 Der Vater. Der Blick. 78
13 Am Ende der Themen. 92
14 Ein Erlebnis des Sterbens. 101
15 Das Ende einer Verkörperung. Sturz. 106
16 J. 121
17 Räume. Die Krankheit der Räume. 128
18 Diese Verabredung mußte scheitern. 144
19 Kein Ende. Kein Anfang. 148

nachträglich 156

Das Buch ist gefördert worden durch
die Jürgen Ponto-Stiftung, Frankfurt a. M., und durch
die Stiftung Kulturfonds, Berlin.
Ein Dank gilt dem Künstlerhaus Selk und dem Land
Schleswig-Holstein für die Unterstützung.